La dernière harde

Anniversaire François Xavier

décembre 2018

Avec beaucoup de force mais
très tendrement

maman
Papa

Il a été tiré de cette édition
cent exemplaires de tête,
numérotés de 1 à 50, signés par l'illustratrice
et comportant une planche supplémentaire hors-texte.

Maurice Genevoix
de l'Académie française

La dernière harde

roman

Illustrations originales
d'Estelle Rebottaro

Montbel

On sait que les veneurs usent d'un vocabulaire spécial, riche et précis, mais dont la richesse et la précision mêmes, faute d'une initiation suffisante, risquent de déconcerter les "profanes".

On trouvera, dans les pages de ce livre, quelques-uns de ces termes spéciaux : c'est qu'alors le vocabulaire courant ne nous en offrait point d'équivalents exacts. Aussi bien leur saveur est-elle vive, leur aloi franc ; et nous croyons que d'autre part l'atmosphère et les épisodes du récit les rendront aisément intelligibles.

Les veneurs, en revanche, voudront bien nous pardonner d'en avoir évité l'abus. Si nous avons parlé, par exemple, du derrière blanc d'un chevreuil, ce n'est point par coupable ignorance. Nous savions qu'en vénerie cette tache blanche s'appelle la serviette ; mais nous avons préféré l'oublier.

Il y a pis. Si nous avons partout substitué le terme de cor de chasse à celui de trompe de chasse, ce n'est point par malignité hérétique. Nous savions que cor de chasse était désuet, proscrit et "ridicule". Mais nous avons pensé que les proscripteurs avaient tort, contre la tradition, l'usage, l'équilibre et la musique des mots ; et nous avons écrit, et nous maintenons avec une respectueuse fermeté, au besoin à cor et à cri : cor de chasse.

M. G.

PREMIÈRE PARTIE

CHAPITRE PREMIER

L ES ARBRES, DANS LE CLAIR D'ÉTOILES, JAILLISSAIENT droit vers le ciel. On ne voyait pas leur ramure, rien que leurs fûts d'une blancheur de pierre. Ils portaient tous du même côté une petite frange lumineuse, un fil ruisselant de clarté bleue qui paraissait ne les point toucher.

À terre, de place en place, une poudre de neige feutrait un bosselage de racines, l'épaulement sinueux d'un fossé : une neige ancienne, un plumetis de flocons légers qu'un vol de bise avait perdu là en passant.

Il y eut d'abord un soupir, un souffle exhalé d'une poitrine, et de nouveau un soupir rude et grave. Une buée d'haleines flottait entre les arbres, où des échines bougeaient en ondulant vaguement sur place.

Les bêtes étaient encore debout. Elles devaient être nombreuses. Elles demeuraient serrées les unes contre les autres, se réchauffant ensemble à leur chaleur. L'aube commençait à rôder de toute part. Les arbres étaient de vieux hêtres gris. Les feuilles des ronces, violettes et sanglantes, s'allumaient deçà delà. Les silhouettes des bêtes grandissaient dans la lueur du crépuscule. Il y avait au moins dix ou douze biches, au long cou grêle, aux oreilles disproportionnées. Toutes étaient amaigries par l'hiver, le crâne marqué de durs creux d'ombre en arrière de leurs yeux tristes. Les bois des cerfs soulevaient leurs branches. Les jeunes biches et les hères de l'année semblaient juchés sur de raides pattes ossues, trop longues pour leur corsage étroit. Mâles et femelles, ils se ressemblaient tous, sauf un jeune mâle au poil ardent, aux lignes déjà musculeuses.

Celui-là portait sur le front deux petites bosses durement saillantes. Ses yeux sombres, aux reflets de feu, promenaient leurs regards avec une vivacité hardie, une sauvagerie tendre et farouche. Seul de la harde il allait et venait, poussant du mufle ou de l'épaule quand une bête gênait son passage. Il fit ainsi le tour du troupeau, y pénétra, poussant encore pour écarter un groupe de biches. Cela creusa dans l'épaisseur des animaux une percée aussitôt refermée ; mais, dans le temps qu'elle s'était entrouverte, un très vieux cerf, puissant et chenu, debout au cœur même de la harde, avait laissé voir un instant sa majestueuse silhouette immobile.

Tout droit, le cou large et velu, il portait haut son chef couronné d'une ramure ample et sombre. Ses yeux songeurs regardaient au loin devant lui. Lorsque le remous des échines se fut refermé sur son corps, ses bois royaux continuèrent de surgir, haut dressés, par-dessus les bêtes de son clan.

Le jour continuait d'approcher. Une lueur plus vive sourdait au bas du ciel, une mince bande d'un rose aigre et figé qui ne rayonnait pas encore. Elle coula, lente derrière la harde, éclaira au travers des arbres la surface gelée d'un étang. Pas un sifflet d'oiseau n'avait salué l'aurore. Un soleil rouge et dépouillé souleva son orbe au-dessus de la glace, émergea bientôt tout entier. Alors les plus anciens des mâles, pliant les genoux, se couchèrent.

Mais à peine leur poitrine avait-elle effleuré les broussailles qu'un sursaut les remit tous debout : l'une des biches, une vieille bréhaigne, venait de souffler bruyamment. La tête haute, le mufle dans le vent, elle épiait, les yeux agrandis ; et ses pattes sèches tremblaient un peu.

Toutes les bêtes écoutaient avec elle. Le cou tendu, les oreilles pointées, elles retenaient anxieusement leur souffle, et leurs naseaux ouverts palpitaient en humant le vent.

Son toucher était comme une brûlure ; mais le gel avait tué les odeurs et le vent n'apportait que cette douleur tranchante et vive : à peine un vague relent de feuilles sèches et de neige poudreuse, l'haleine même de l'hiver forestier. La vieille biche souffla de nouveau. Et bientôt les bêtes entendirent.

C'était une voix qui parlait sous les arbres, loin encore ; puis une autre voix. Non pas le huchement d'un roulier ni le rire d'un bûcheron dans une vente. C'était des voix qui parlaient entre elles, continues comme le jacassement des pies, mais sourdes, voilées par la distance, et qui entraient pourtant jusqu'au tréfonds des moelles en faisant vibrer tout le corps.

Elles approchaient. Les jeunes bêtes de la harde commençaient à s'agiter sur place, regardant le taillis à l'opposé de ces voix bourdonnantes, les jambes prêtes à bondir et le poil parcouru d'ondes nerveuses.

Des branches, maintenant, craquaient dans le sous-bois. Un bâton résonna contre le fût d'un hêtre. C'était encore très loin, mais tous les bruits portaient avec force dans le vide glacé de l'espace. Le jeune cerf au poil rouge avait rejoint sa mère. Lui aussi avait entendu, reconnu l'approche de l'homme. Il appuya le cou sur le corps de la biche et demeura rivé à elle, sans bouger, tandis que ses beaux yeux trahissaient une terreur hagarde.

Il n'avait pas sept mois, mais il savait. Cela s'était passé un jour du dernier été. Petit faon encore aux mamelles, il se tenait debout dans une cépée auprès de sa mère allongée. Il jouait, la poussait du museau, fouillait de son menu nez noir sous la lourde cuisse repliée. Soudain la biche avait bondi, l'avait renversé dans les feuilles d'un coup de tête imprévu et brutal. À demi étourdi, il était demeuré sans mouvement à la place même où il était tombé. Des rejets, des broussailles touffues le recouvraient de toute part. Sa mère n'était plus là, elle avait fui dans le bois en courant. Et voici qu'un cri terrifiant, plus rauque et plus sonore que celui du renard, l'avait fait trembler sous les feuilles. Bientôt ce cri s'était éloigné, enfoncé dans le taillis du côté où sa mère avait fui. Il n'avait pas bougé davantage ; il sentait qu'il n'était pas sauf encore, qu'il lui fallait attendre ici le retour de la biche disparue. Et tandis qu'il pantelait sous l'épaisseur glauque du feuillage, il avait vu passer un être étrange, au visage nu, qui marchait cabré sous les arbres.

L'odeur de la bête inconnue avait empli peu à peu le hallier, une odeur fade et pénétrante qu'il ne devait plus oublier. Contre ses jambes toutes droites, pareilles à des poteaux noirs, marchait une autre bête au poil blanc gadrouillé de feu. C'était un petit animal, courtaud de pattes, dodu de ventre, qui traînait aussi après soi une odeur insupportable, tenace, fétide, une odeur ennemie.

Cette bestiole furetait, flairait à travers les broussailles, se rapprochait de lui en reniflant. Et brusquement, fonçant vers la bouillée de feuilles où il tremblait de tous ses membres, elle lui avait jeté aux naseaux une volée de glapissements aigus, les coups de gueule d'une petite bête rageuse, pas encore redoutable, mais qui le deviendrait bientôt : car ses cris ressemblaient au hurlement terrible qui résonnait encore par le bois, sur les traces de la biche fugitive. Ainsi, dès cette première rencontre, par un torride après-midi d'été, le faon au pelage rouge avait appris ce que c'était qu'un chien, le cri d'un hurleur de meute, ce que c'était qu'un homme et sa voix qui vibrait sous les arbres.

« Ici, Tapageaut ! »

Cette voix, pareille à celles qui résonnaient maintenant dans le silence de l'aube d'hiver, pénétrait jusqu'au fond des moelles et faisait frissonner tout le corps. À son appel, la bestiole aboyante s'était tue, avait serré la queue entre ses jambes et avait obéi à l'homme. La main de l'homme l'avait empoignée par le cou, soulevée sans qu'elle se débattît. L'homme s'était penché, ses yeux noirs et brillants avaient touché les yeux du faon. Enfin, doucement, il s'était éloigné.

Longtemps, longtemps après, la grande biche était revenue. Elle haletait, le poil mouillé de sueur. Elle lui avait léché le mufle, les paupières ; elle s'était elle-même apaisée en caressant son faon, son petit.

Et maintenant, elle était là, longue et chaude, tandis que l'odeur de l'homme recommençait à flotter dans le vent, intense et fade, aussitôt reconnue.

Le hère ne bêlait pas, mais il tremblait. Il se tenait toujours appuyé contre sa mère, avec les mêmes yeux terrifiés. Les voix retentissaient si près que les bêtes, d'un moment à

l'autre, s'attendaient à voir surgir les hommes dans les intervalles des arbres. Parfois, d'autres coups de bâton claquaient
durement contre des baliveaux. Toute la harde, étroitement
serrée, frémissait en renâclant.

Elle pivota brusquement sur elle-même : d'autres bêtes
arrivaient au galop, biches et cerfs pêle-mêle, les yeux fous,
se heurtant dans leur course et soufflant à pleins naseaux. Ils
vinrent donner violemment dans la harde, l'enlevèrent dans
un grouillant remous. Quelques vieux mâles, déjà furieux,
résistaient de toute leur masse, baissant leurs bois sans pouvoir s'arrêter. Cela faisait plus de trente bêtes qui couraient
sur la terre dure, soulevant de leurs sabots une poussière de
neige où tournoyaient de noires feuilles mortes.

Il faisait à présent plein jour. Le soleil s'élevait dans un
grand ciel pâle et limpide, qui commençait à bleuir doucement.

II

L E ROUGE COURAIT CONTRE SA MÈRE, SI PRÈS D'ELLE
qu'il la touchait encore. Autour d'eux toutes les bêtes
ne formaient qu'une seule masse, emportée dans un élan
houleux. Elles passaient à travers la futaie, entre les hêtres aux
troncs gris. C'était une futaie de hautes cimes qui s'appelait
les Orfosses-Mouillées. S'appuyant d'un côté aux étangs, elle
s'étendait très loin à l'opposé, vallonnée de pentes longues
et douces et coupée par de rares chemins.

Les bêtes couraient sans galoper, les biches en tête, la
Bréhaigne les devançant toutes. Elle coupait droit vers la première allée, sous le vent, couchant parfois ses grandes oreilles
pour écouter les hommes derrière elle. Le piétinement des
durs sabots résonnait sur la terre gelée ; mais elle distinguait
encore, au travers, les chocs des gourdins dans les arbres.

Si vieille qu'elle fût, elle ne savait guère plus de choses
que le jeune hère au poil rouge : les bêtes des bois savent
dès leur naissance l'essentiel de ce qu'elles doivent savoir.
Mais les années qu'elle avait vécues lui avaient apporté,
un à un, des souvenirs qui venaient à son aide, éclairaient
sa prudence et conduisaient plus sûrement ses pas, parfois
aussi, comme ce matin, faisaient battre trop fort son cœur
de bête souvent pourchassée. Tout en courant, elle guettait

un récri de chiens, elle l'attendait avec une sorte d'espoir : une chasse à courre, la première alarme passée, laisserait les femelles en paix dans le refuge qu'elles se seraient choisi. Mais cette chasse-là n'était pas une chasse comme les autres. La vieille biche avait beau tendre l'ouïe, nulle voix de chien ne perçait l'étendue. Les hommes devant qui elle fuyait marchaient seuls dans la futaie ; et cette marche sans hâte, à peu près silencieuse, éveillait un souvenir sinistre, celui d'une battue à tir, d'un massacre à coups de fusil, qui lui mouillait le poil et lui séchait la langue dans la gorge. Elle ralentit progressivement sa course, et brusquement crocheta dans un sursaut épouvanté. Derrière elle, la heurtant à la croupe, les autres biches chancelèrent en glissant des quatre pieds. La harde reflua dans une mêlée de bois entrechoqués, un grand bruit de souffles haletants. Mais toutes les bêtes, déjà, avaient suivi à angle droit le crochet de la Bréhaigne, et maintenant elles trottaient en suivant le bord de l'enceinte, le long de la première allée.

L'éclaircie que faisait cette allée se trouvait sur leur flanc gauche. Entre les arbres, elles pouvaient voir flotter une double rangée de banderoles, suspendues à des cordes raidies. C'était des oripeaux blancs et rouges qui ondulaient sous le vent du matin ; leurs deux rangées étaient superposées, la première tendue à un mètre du sol, la seconde à un mètre plus haut. Les bêtes couraient, tournant le col malgré elles vers ces taches éclatantes qui bougeaient à l'infini, avec de molles torsions de flammes, de légers claquements subits. Suivant les pas de la Bréhaigne, elles cherchaient une issue sans se résoudre à perdre de vue la lisière, mais de plus en

plus effrayées par ce papillotement continu, cette barrière frémissante qui leur coupait toute échappée.

Un coup de feu claqua tout près, une des biches tituba et roula comme une masse sur la neige. La harde était déjà passée en s'écartant devant cette chute. Une seconde flamme jaillit entre les arbres et, plus terrifiants encore aux oreilles des animaux, des cris d'hommes éclatèrent, rebondirent, se prolongèrent avec une force insoutenable d'un bout à l'autre de l'allée forestière.

La masse des bêtes divergea, s'entrouvrit. Beaucoup continuèrent de trotter en suivant d'assez près l'allée : c'étaient les dernières arrivées, celles que les rabatteurs avaient poussées dans l'enceinte des Orfosses. Mais la première harde, d'un même mouvement irrésistible, venait de faire volte-face. Déjà le vieux mâle chenu, prenant la tête, s'enfonçait au cœur de la futaie et retournait vers les étangs.

Il courut d'abord droit devant lui, tout seul, humant la bise qui ronflait dans sa ramure. L'odeur humaine était partout, plus dense du côté du soleil. La crainte froidissait les pelages ; les cris, là-bas, résonnaient toujours ; les coups de feu semblaient tourner de proche en proche, voler comme une flamme d'incendie. Il y eut, un moment, des bruits étranges sous les arbres, des claquettements précipités, des grincements de crécelles agitées, le mugissement lugubre d'une trompe. À chaque fois des bêtes se cabraient, glissaient en de brusques écarts qui soulevaient encore alentour une poussière de neige bleuâtre. Mais aussitôt toutes repartaient, filant entre les arbres à la suite de l'énorme mâle qui les distançait peu à peu.

Enfin la futaie s'éclaircit, la pâleur des étangs gelés réverbéra le bleu du ciel. Les rabatteurs étaient maintenant derrière la harde. Elle ralentit sa course, reprit une longue allure trottante en approchant de la clairière. Et de nouveau ce fut l'affolement, des pattes cabrées qui battaient l'air, des encolures rejetées en arrière en de grands sursauts de terreur : de ce côté aussi des banderoles avaient été tendues, alignant leurs flammes rouges et blanches qui bougeaient dans le soleil.

Les bêtes se reprirent à tourner, au hasard, toutes visibles entre les colonnes des arbres. Et les fusils claquaient dans la pureté de l'air ; des flocons de fumée, un jet de flamme au cœur, éclosaient à la rive des allées : une des biches bêlait en renversant la tête, encensait brusquement et s'effondrait de toute sa longueur ; son mufle entrait dans l'herbe sèche et la faisait bruire avec un chuintement soyeux. D'autres continuaient à courir, une patte pendante, bientôt zébrée de ruisselants filets rouges. D'autres, s'affalant d'un bloc, rebondissaient à demi dans leur chute : et leur ventre tremblait en heurtant pesamment la terre.

Plusieurs fois les hardes se croisèrent. Elles ne se mêlaient pas et même elles s'écartaient un peu, comme pour fuir un nouveau danger qui fût venu à leur rencontre sur les pas d'autres bêtes terrifiées. Celles des Orfosses restaient groupées, les biches ayant repris la tête. Il arrivait que l'un des vieux mâles, retenant ses foulées et faisant ses pas plus légers, se coulât sournoisement hors des voies qu'elles suivaient dans leur course : car elles prenaient d'instinct d'anciennes pistes familières où leurs fréquents passages, peu à peu, avaient couché les fougères mortes. Le mâle, les bois renversés, entrait au plus dru des broussailles, prenait le vent en haussant le museau ; et tout à coup, comme frappé de folie, il bondissait à deux ou trois reprises, tout son corps magnifique un instant déployé dans l'espace, pour s'évanouir et se raser enfin dans un silence prodigieux. Mais bientôt le bruit de son galop retentissait sur les pas de la harde : les batteurs l'avaient relancé et les bêtes le voyaient reparaître, ronflant de peur, les yeux à demi révulsés.

Cette chasse-là, en effet, n'était pas une chasse comme les autres. Les ruses accoutumées se révélaient toutes dérisoires.

L'odeur des hommes, les pas des hommes, le bruit de leurs bâtons, de leurs claquettes et de leurs trompes étaient partout dans la futaie. Dans le vent, au-dessus du vent, ce n'était que cris d'hommes, appels d'hommes, hautes clameurs qui montaient vers le ciel et vibraient longtemps dans l'air bleu ; coups de feu sans trêve éclatant ; odeur de poudre, aigre et chaude, qui empestait au loin le hallier ; et surtout, infranchissables, ces banderoles qu'on retrouvait toujours, rouges, blanches, rouges, blanches, doucement flottantes et tordues sous la brise, inexorablement tendues.

— À vous ! À vous !

— N'avancez pas ! N'entrez pas dans l'enceinte !

— Les biches seulement ! Laissez passer les mâles !

Toute la harde, les flancs alignés, passait en cible entre les hêtres. Les hommes, debout, à toucher la ligne des banderoles, épaulaient et lâchaient leur coup. Des chevrotines ronflaient comme des guêpes, ricochaient avec des miaulements contre un caillou, un nœud de bois. Une femelle encore se débattait et ruait, couchée, la joue appuyée sur la terre et s'y frottant d'un mouvement régulier, une caresse étrange et rude qui endormît et calmât un peu les affres de son agonie.

Le Rouge, pas une seconde, ne s'était détaché de sa mère. Il courait sans fatigue, les jambes souples, mais stupéfié, le cœur en désarroi. Il ne démêlait rien dans les féroces rumeurs parmi lesquelles tournait sa course machinale. Même les coups de fusil ne le faisaient plus tressaillir. Il allait, anxieux seulement de ne point quitter sa mère, de retrouver à chaque foulée la chaleur de son large flanc.

Et tout à coup, alors qu'ils franchissaient ensemble un fossé près de la lisière, il avait senti contre lui un vide glacial, extraordinairement profond, qui le suivait dans son élan. Aussitôt il s'était arrêté, désemparé, déjà orphelin, cherchant des yeux sa mère disparue.

La biche était dans le fossé, allongée, les pattes jointes deux à deux et parcourues d'un léger frémissement. Elle avait à l'épaule, dans l'épaisseur des muscles, un trou rouge où le sang bouillonnait. Lorsqu'elle aperçut son petit, elle tordit lentement le col, souleva sa tête vers lui en un geste douloureux et tendre. Mais sa tête ne s'éleva qu'à peine, retomba aussitôt sur les feuilles mortes et la mousse. Le hère vit ses yeux se voiler, se ternir d'une ombre bleuâtre qui noyait très vite leurs regards. Cette ombre les prit tout entiers, ouverts encore, mais vides, affreusement absents désormais. Alors le hère approcha ses naseaux du trou rouge et flaira le sang qui coulait. Il coulait en fumant, avec de grosses bulles qui crevaient, se reformaient. Sur les bords de la plaie la chair morte palpitait encore, se contractait d'un battement régulier, un spasme doux et lent qui remuait sur la biche comme une bête.

Le hère se releva tout droit, tendit le cou, fronça le mufle dans un rictus qui lui découvrit les dents. Il tremblait de tout son corps, secoué par un frisson continu, d'une violence profonde et terrible. Et il se mit à gémir à pleine gorge, à pousser par l'espace une lamentation meuglante, une bramée interminable de peur et de désolation.

Un rire d'homme retentit tout près, puis une voix impérieuse et dure. Il bondit des quatre pattes, verticalement, fonça droit devant lui d'un galop éperdu. Les troncs des hêtres, sur ses deux flancs, passaient comme de hautes ombres grises. Il distinguait à peine les claquements des coups de feu, les appels humains dans le bois. Ce qu'il continuait d'entendre, c'était le rire qui l'avait fait bondir, et puis la voix, la seconde voix si nette et si sonore devant laquelle le rire s'était tu.

Deux hommes, deux hommes qui marchaient droit vers lui, qu'il avait eu le temps de voir à l'instant même où il s'élançait. Le premier riait de toute sa face, les bras tendus, un bâton au poing. Son rire vibrait d'une joie abominable, le désir et la joie de tuer se voyaient dans ses yeux gris. Il avançait sur des jambes un peu torses, musclées, trapues ; il tendait en avant ses longs bras, en brandissant le lourd bâton d'épine. Le poil salissait ses mâchoires ; et il riait, les yeux fixes, avec cette ivresse affreuse qui luisait dans ses prunelles pâles.

L'autre était grand, beaucoup plus grand. Il criait en courant à la poursuite du premier, avec cette voix d'ordre et de menace. Le hère ne l'avait vu qu'à peine, et pourtant il l'avait reconnu : une silhouette mince, des yeux noirs et brillants. C'était lui qui avait parlé, de lui qu'avait jailli la voix souveraine, à laquelle l'homme aux yeux de tueur avait obéi comme un chien.

L'été, les branches en berceau, la retraite glauque où les mouches bourdonnaient, où sa mère, brusquement, d'un coup de tête si prompt et si roide, l'avait renversé dans les feuilles… Et puis l'homme qui avait passé, le même homme grand et mince qui avait crié vers le chien, la petite bête ardente, rageuse, et soudain muette, obéissante…

Ce jour-là, ce brûlant jour d'été, la mère biche était revenue ; elle l'avait retrouvé sous les feuilles ; sa langue l'avait léché, caressé… Il s'arrêta et bêla de nouveau. Le poil en sueur, la poitrine haletante, il se remit à frissonner : il avait froid.

III

C E FUT LA HARDE DES ORFOSSES QUI L'ARRACHA, quelques instants plus tard, à l'angoisse où il s'abîmait. Il l'entendit arriver derrière lui dans un grondement de charge emballée. Et déjà elle était sur lui, l'emportait dans son branle furieux. La Bréhaigne était encore en tête ; mais les plus gros des mâles galopaient sur sa lancée, la gagnaient déjà de vitesse, le vieux chef en avant d'eux tous. Il fonçait droit, résolument. Et toutes les bêtes le suivaient d'une seule masse, possédées par une volonté qui désormais n'était plus la leur, mais qui les entraînait roidement vers les banderoles rouges et blanches.

Elles arrivèrent à l'allée avant même de l'avoir vue. Le vieux cerf força encore l'allure, s'enleva d'un bond formidable en couchant sa ramure sur son dos. Et il passa la ligne dans une allongée planante, un vol de flèche qui parut un moment se soutenir et s'appuyer sur l'air. Sa trajectoire s'acheva dans l'élan même d'un nouveau galop : il avait traversé l'allée, plongeait au-delà dans la futaie en fracassant les menues branches de ses bois maintenant redressés.

Les hommes vociféraient, se retournaient le fusil à l'épaule : « Ils sautent ! Ils sautent ! À vous ! À vous ! »

Mais toutes les bêtes passaient à la file, soulevées par le même bond planant, à la place même où le Vieux des Orfosses avait franchi la ligne des banderoles. Elles s'allongeaient, les genoux groupés sous la poitrine, l'avant-train ouvrant l'air comme une proue, puis retombaient loin dans l'allée pour reprendre à l'instant de leur chute un galop vertigineux. À peine voyaient-elles au passage le papillotement des banderoles. Elles passaient entre les deux cordes – les cerfs renversant l'encolure pour ne pas accrocher la plus haute – toutes lancées aveuglément sur les traces du vieux chef de file, comme si son passage eût ouvert en avant d'elles un gouffre qui les eût aspirées.

Le soleil dans l'allée, les silhouettes gesticulantes des hommes, les pommelures de fumée qui jaillissaient de leurs fusils, les détonations, les cris, tout cela n'était plus pour elles qu'une fantasmagorie barbare, un cauchemar affolant et bref que leur galop laissait loin en arrière.

Et elles continuaient à courir, encore poursuivies par le bruit, perçaient droit devant elles à travers la futaie libre, plus loin, toujours plus loin, jusqu'au bout de leur souffle et de leur énergie nerveuse. Deux ou trois biches étaient tombées encore, fusillées. Quatre seulement avaient passé : la vieille Bréhaigne ; une mince femelle aux formes déliées, à l'échine longue ; une qui portait une tache blanche à la gorge ; une jeune enfin, qui paraissait quand elle courait ne pas même effleurer la terre. Elles galopaient, toutes les quatre, parmi les mâles et les hères de l'année. Le passage de la harde serrée enfonçait au cœur du hallier le même fracas de ruée aveugle, un pétillement de bois mort écrasé, un froissement d'herbes et de feuilles sèches qui coulait comme l'eau d'un torrent. Elle traversa toutes les Orfosses, puis le Chêne-

Rond, puis les Mardelles, puis la Bouverie. Elle était seule dans l'immensité forestière. Nulle vie ne bougeait alentour. Les lapins, les renards devaient se tenir au terrier, les pies, les freux voleter près des maisons ou dans les cultures de la plaine. Le ciel était maintenant d'un bleu partout égal, lumineux mais sans frémissement. Aux aisselles des grosses branches où la neige restait accrochée, elle était bleue aussi, avec des reflets verts et mauves.

Le vieux cerf des Orfosses s'arrêta vers le milieu du jour, dans un fond de vallée où la ronce et l'épine foisonnaient. Sur la pente inclinée au midi, il y avait des places où l'eau vive affleurait, clignotait comme des yeux entre des paupières de glace. Tout alentour, des feuilles de lierre terrestre rampaient en toison douce et drue. Les bêtes purent boire un peu, humecter leur langue sèche et noire. La Bréhaigne, de ses longues incisives, coupait déjà les feuilles du lierre qu'elle engloutissait par grosses touffes. Une fois de plus l'alarme était passée : elle vivait ; les feuilles du lierre étaient tendres et fraîches, les battements de son cœur se calmaient, la salive lui coulait dans la gueule avec le suc un peu acide des verdures que ses dents broyaient.

La harde décimée restait nombreuse encore autour d'elle. La Biche-Longue, la Gorge-Blanche avaient chacune retrouvé leur petit. La troisième biche, l'Aile, glissait de son pas aérien sur la pente ensoleillée, tandis que les verdets caracolaient déjà sur sa trace. Les grands mâles, les plus âgés ensemble, s'étaient mis aussi à brouter. La Bréhaigne, entre ses coups de dent, les voyait tous du coin de l'œil : le Vieux des Orfosses d'abord ; l'Oreille-Coupée, que les hommes avaient pris tout petit et renvoyé à la forêt avec une entaille à l'oreille ; le Bigle, dont la pupille gauche était marquée d'une lourde tache brunâtre ; et aussi l'Épi-Noir, avec la ligne de poils rêches et sombres qui lui courait le long de l'échine ; et encore la Tête-Rouée, reconnaissable à ses andouillers trop serrés rejetés en arrière comme des branches à demi brisées.

Il faisait calme. Le soleil tournait dans le ciel. On continuait de n'entendre aucun bruit, qu'un ébrouement par intervalles ou le pas lent des bêtes apaisées. Un troglodyte, sorti du roncier, retournait du bec les feuilles mortes entre les pattes de la vieille biche. C'était un tout petit oiseau, d'un brun brûlant et ravissant, qui sautillait en portant haut sa queue. Quand un rayon de soleil le touchait, il poussait un cri vif et pur qui réjouissait le cœur de la Bréhaigne.

Elle oubliait la battue matinale, ses compagnes massacrées dont le sang avait rougi la neige. Elle songeait pourtant aux Orfosses, aux étangs. Une nostalgie sourdait en elle, qui commençait à diriger ses pas, à la ramener vers la hêtraie, les ruisseaux, les taillis familiers : non plus le lieu maudit où la mort fauchait le matin, ni la futaie glaciale et pétrifiée où les bêtes se serraient dans la nuit, mais les Orfosses-Mouillées du printemps, bourgeonnantes, bouillonnantes de jeunes pousses, leur humus noir si doux aux pieds, leurs longues pentes étalées au soleil, leurs chambres de feuillage où l'on dormait profondément sans craindre les embûches des hommes ni le harcèlement des taons.

Elle s'aperçut que le Vieux des Orfosses se rapprochait d'elle en broutant. Elle le laissa venir, releva la tête comme il la rejoignait. L'un devant l'autre, leurs mufles rapprochés, leurs oreilles par moments secouées, ils parurent se concerter gravement. Arrêté à deux pas, le hère rouge les regardait, semblait attendre.

Depuis que sa mère était morte, il n'avait pas quitté le dix-cors. Le premier derrière lui, il avait sauté les banderoles, s'était ensuite maintenu à sa hauteur pendant le long galop de fuite. Quand le Vieux, quittant la Bréhaigne, commença de gravir la pente de la vallée, il le suivit dans sa foulée, exactement comme un faon suit sa mère. Mais ses allures étaient longues et réglées, aussi fermes déjà que celles d'un cerf adulte qui marche seul dans la forêt.

À la nuit, toute la harde avait regagné les Orfosses.

IV

L'HIVER SERRAIT ENCORE LE CŒUR DES ARBRES ; MAIS la lumière, le soir, s'attardait un peu plus longtemps sur l'eau tranquille des étangs. En janvier, le vieux mâle avait quitté la harde pour gagner le fort des bois. Le Rouge l'avait suivi encore et partageait sa solitude.

Aussi longtemps que la clarté diurne baignait les grands hêtres gris, les deux bêtes reposaient dans quelque pli du sol abrité des vents méchants. Le Vieux ne se trompait jamais pour découvrir ces places au sol moelleux où les feuilles mortes ont plu calmement, se recouvrant les unes les autres en litières épaisses et légères. Il s'y couchait dès le premier soleil avec une lenteur majestueuse. Et, lorsque les rayons tournaient et désertaient sa reposée, il se levait avec la même lenteur et les suivait jusqu'à une place nouvelle où leur tiédeur dormait sur les feuilles. Couché, il continuait de porter haut sa tête. Ses paupières aux cils blancs battaient, se fermaient en clins alentis, demeuraient closes de plus en plus longtemps. Le soleil coulait sur son flanc, sur ses membres ; il lui offrait son vieux corps transi, un peu perclus, et sa respiration paisible soulevait ses côtes et sa poitrine.

La haute forêt, à l'infini, érigeait ses fûts gigantesques. Quand le vieux mâle entrouvrait les yeux, son regard encore endormi retrouvait la sérénité du sous-bois, le silence amical des arbres. Et il refermait les paupières, tandis que son jeune compagnon, sans oser se remettre sur pied, détendait ses jambes énervées en soupirant d'impatience et d'ennui.

Il demeurait pourtant, jour après jour, aux côtés du vieux solitaire. Il savait bien que près de lui nul danger ne l'eût menacé qui ne dût être aussitôt éventé. Depuis le tragique matin où le dix-cors avait sauté les banderoles, la confiance qu'il avait en lui était demeurée la même, aussi dominatrice qu'à la seconde où il en avait été possédé : car elle n'était pas née d'un mouvement insensible et doux, mais elle avait fondu sur lui et l'avait enveloppé comme la foudre.

Où le vieux cerf marchait dans la forêt, le Rouge posait ses pas légers. Où il se couchait sur les feuilles, le Rouge se couchait près de lui. Ce n'était plus la chaleur d'un ventre, la caresse d'une langue maternelle qui le maintenaient comme lié à lui. C'était du moins une présence vivante, morose et privée de tendresse, mais rassurante et quand même tutélaire. La vue perçante du vieux mâle, son ouïe constamment en éveil, son flair subtil et sans défaut gardaient de surcroît la jeune vie qui restait blottie dans son ombre. Le Rouge ne calculait rien, mais les jours étaient rares où il ne s'avisât de quelque nouvel avantage, venu à lui une fois de plus sans qu'il eût rien d'autre à faire que de rester sur les pas du dix-cors. Par les jours clairs, la haute futaie les accueillait ; le Rouge savait maintenant que les regards y portent loin, quand il suffit d'une touffe d'épine pour que le corps massif d'un vieux mâle, son ample ramure brillante se confondent à quelques pas avec les branches et la terre. Si le ciel se couvrait de nuages, ils gagnaient les taillis épais : la pluie grésillait sur les feuilles, mais c'était un bruit continu, monotone, une trame que le trot d'une belette suffisait à déchirer. Le Rouge savait cela aussi. Et maintenant, sous le taillis mouillé, ses oreilles se dressaient et tournaient en se creusant, comme celles du vieux cerf des Orfosses.

Quelquefois, aux limites du regard, ils voyaient entre les hêtres deux ou trois mâles de haute taille qui passaient l'un derrière l'autre. C'était ceux de la harde qui cheminaient de compagnie, et qui cherchaient comme eux le soleil ou leur maigre provende. Il les reconnaissait de très loin, à leur couleur, à leurs allures, aux chevillures de leur tête. Le Rouge, alors, humait de leur côté. Mais pour peu que leur marche errante se rapprochât de leur retraite, le Vieux se levait tout doucement, l'air grognon, et s'éloignait à travers bois en prenant le dessous du vent.

Il arrivait aussi, surtout à l'aube, ou au déclin du jour, que la harde des biches, des daguets et des jeunes hères croisât de tout près leur route. Ils entendaient leurs pas nombreux, leurs souffles mêmes, ou le craquement d'une plaque d'écorce arrachée par les dents d'une biche. Alors le Vieux se détournait encore ou demeurait étrangement immobile, ses yeux fixant, à travers la pénombre ou la brume, les vagues formes mouvantes qui passaient et s'évanouissaient.

Plus encore qu'à l'apparition des grands mâles, le Rouge sentait ses jambes frémir. L'odeur des biches surtout était pour lui comme un appel, insistant et douloureux. Il lui semblait sentir se ranimer, tout contre lui, un long corps souple et chaud, le creux d'un ventre blanc où coulait la source du lait.

Un bêlement lui montait à la gorge, qui tremblait comme l'appel d'un faon. Alors le vieux cerf des Orfosses se retournait, baissait la tête, et, le heurtant de ses durs andouillers, l'obligeait à refréner soudain sa plainte de petite bête orpheline.

La faim, souvent, les tenaillait. Ils se cabraient contre le tronc des arbres pour atteindre les hautes lianes des lierres. Leurs pinces glissaient en éraflant l'écorce lisse, ils allongeaient le cou jusqu'à faire craquer leurs vertèbres pour un dernier lambeau de feuille. Le Vieux, beaucoup plus grand, ne laissait jamais derrière lui que des fibres nues et ligneuses. Et s'il arrivait, par hasard, que le Rouge découvrît avant lui une touffe de ronce encore feuillue, il le suivait sans hâter le pas, le rejoignait et le chassait encore en le heurtant de tout son poids.

Ce dénuement, cette misère, loin d'abattre le jeune animal, paraissaient au contraire tremper plus durement sa force, aviver dans ses yeux dorés une flamme secrète dont la lueur affleurait plus chaude. Il continuait d'aller sur les pas du vieux mâle farouche, ne se laissant point rebuter par son indifférence bourrue, souffrant sans plainte ni révolte ses quotidiennes brutalités. Près de lui, la rigueur de l'hiver perdait quand même de son âpreté. Les mousses spongieuses, les dures écorces devenaient nourriture et sang. Le hère rouge grandissait, et il se sentait grandir. La joie de vivre, matin après matin, faisait briller ses beaux yeux sauvages. Et cette joie rayonnait sur la forêt encore engourdie, à travers les Orfosses natales, leurs étangs, leurs grands bois profonds dont ses pas apprenaient toutes les routes, tandis qu'une vague tiédeur, peu à peu, passait dans l'air avec le vent, amollissant lentement la terre qui se mettait à trembler sous le pied avec une élastique douceur.

Ce fut dans le moment où les chatons du coudre et du saule commencent à poindre au bout des branches qu'ils entendirent, pour la première fois de l'année, résonner le cor de chasse. C'était très loin par-delà le climat du Chêne-Rond, vers les Mardelles ou la Bouverie. C'était un ton de sonnerie joyeuse, éclatante malgré la distance. Jamais le Rouge, depuis qu'il était au monde, n'avait entendu de tels sons : cinq ou six notes bien détachées qui prenaient leur essor à la file, qui chantaient en se poursuivant à travers le ciel et les arbres, et puis se rejoignaient pour prolonger un même écho, une vibration cuivrée qui frémissait à l'infini des bois.

Quand le Rouge entendit cela, ses oreilles claquèrent sur son cou comme si des taons les eussent piquées. Elles se redressèrent aussitôt, creusées en conque vers le point de l'espace où le bruit avait pris naissance – et de nouveau claquèrent en se secouant. Il regarda le Vieux des Orfosses. Le grand cerf, comme lui, avait dressé la tête : il écoutait, retenant son souffle, dans cette attitude hiératique où son corps s'immobilisait aux instants de suprême attention. Quand le cor avait résonné, il ruminait. Quelques secondes s'écoulèrent ; une détente passa dans ses muscles, son large cou s'incurva doucement et il reprit, toujours couché, sa rumination tranquille.

Le son du cor tournait là-bas, dans les lointains de la forêt. Parfois un caprice du vent faisait soudain sombrer son vol ; puis le vent, sautant de nouveau, apportait dans sa course un essaim de notes pleines et denses qui fondait vers eux à tire-d'aile et semblait éclater sur leurs têtes. Le vieux cerf ruminait toujours, les prunelles perdues dans le vague, sans un regard pour la jeune bête qui tremblait à ses côtés. Mais de son calme même émanait une sournoise volonté, et le hère, tout le corps en alerte, les oreilles frémissantes et les yeux agrandis, demeurait couché à son flanc.

Trois jours plus tard, cela recommença. Et ce jour-là, très loin encore, mais terriblement net et vivant, les deux bêtes entendirent ensemble le récri hurlant d'une meute. Cette fois, le vieux mâle se leva. Il ne semblait pas plus inquiet. Il se leva nonchalamment, et, le hère sur ses talons, l'y maintenant comme exprès en attardant son allure davantage, il chemina vers les étangs.

Il n'alla pas bien loin : le Rouge sentit la harde comme ils touchaient à la clairière. Elle devait être aussi sur pied, dans un taillis d'essences mêlées qui bordait la haute futaie à l'opposé de la joncheraie. La voix des chiens leur parvenait encore. Mais elle continuait à tourner dans le même coin de la forêt, s'éloignait même de la Bouverie pour se perdre bien au-delà, vers la plaine et les champs des hommes. Le vieux cerf s'était arrêté, sans chercher davantage à se rapprocher de la harde. Il savait ce qu'il voulait savoir : elle était là, tout près, dans le taillis. Et il revint, du même pas nonchalant, à la remise qu'il avait quittée, se recoucha dans le même creux de feuilles où sa forme était restée marquée.

Ainsi le hère, de jour en jour, se sentait assuré davantage dans sa confiance des premiers moments. À présent un sentiment plus clair, puissant, parfois plein de douceur, l'envoûtait auprès du vieux mâle. Il connaissait sa force et sa prudence, son dévouement aux bêtes de son clan. Alors même qu'il s'écartait d'elles, il se souciait encore de leur salut. Puisqu'il était le plus robuste et le plus sage, où donc le Rouge aurait-il pu trouver une protection plus vigilante, une plus stable sécurité?

Les chasses, à la fin, s'étaient tues. Les levers de soleil se suivaient, faisaient monter leur chaud rayonnement dans des ciels de plus en plus bleus. Les geais et les pies jacassaient, le merle commençait à siffler. Le Rouge, parfois, sous une poussée de joie irrésistible, gambadait autour du dix-cors, le bousculait du front ou de l'épaule, comme pour le provoquer à jouer. Le vieux demeurait impassible, inébranlable sous l'assaut léger; mais le hère n'avait plus besoin d'éviter par de brusques écarts ses bourrades accoutumées: il se laissait ainsi bousculer avec une longanimité surprenante, comme si la douceur du printemps eût coulé aussi dans ses veines.

Alors, soudain, le Rouge se rapprochait de lui, posait son cou sur le garrot puissant, l'y appuyait de toute sa longueur comme il le faisait autrefois sur le corps fondant de sa mère. Ce n'était point la nostalgie de son enfance qui revenait l'inciter tout à coup à cet élan gracieux et tendre. Il avait oublié la grande biche, le lait qu'il tétait sous sa cuisse, les caresses dont sa langue le couvrait. C'était seulement le printemps qui venait, la mollesse nouvelle de l'air, une sorte d'abandon bienheureux qui gonflait les branches du saule et palpitait dans le sang des bêtes. Tous les soirs, les grenouilles chantaient.

V

MAINTENANT, TOUTE LA FORÊT VIVAIT. POUR LES hommes, c'était seulement le mois de mars, un temps d'éclaircies fugitives que coupaient de hargneuses giboulées. La bure des vieilles feuilles continuait à couvrir le sous-bois de sa grisaille éteinte et froide. Sous les fougères déchiquetées de l'automne, les crosses feutrées des jeunes pousses ne se montraient pas encore. Mais l'herbe des layons reverdissait de place en place, et les premières ficaires de l'année entrouvraient leurs corolles d'or luisant.

Les cerfs ne souffraient plus du froid, de la faim. Tous les saules des étangs fleurissaient de chatons poudroyants, de bourgeons duveteux et pâles ; sur les noisetiers, sur les bouleaux, de longs chatons aussi pendeloquaient et bougeaient à la brise. Le chèvrefeuille allongeait ses lianes ; les épines de la ronce, translucides à contre-jour, se carminaient d'un sang vermeil. Une abeille, deux abeilles, tout engourdies encore par leur long sommeil hivernal, remuaient doucement leurs ailes sur une branche où elles s'étaient posées. Ces ailes s'irisaient au soleil, vibraient soudain avec un fredon aigrelet, s'étiraient lentement sous la flèche d'un rayon plus chaud, et recommençaient à vibrer. Une des abeilles avait disparu, l'autre fusait, disparaissait comme elle ; mais ce bourdonnement allègre, de plus en plus vif et sonore, c'était leur vol qui tournait dans le bleu à la cime chevelue du saule, parmi les chatons fleuris.

Le Vieux des Orfosses et le Rouge ne s'éloignaient guère des étangs. Certains matins, aux creux des fondrières, une mince croûte de glace blanche et sèche demeurait prise après le froid de l'aube. Elle éclatait bruyamment sous leurs pieds, faisait s'envoler devant eux le traîne-buisson qui chantait tout à l'heure, saluant le jour de sa petite voix tintante.

Souvent, la nuit, de grandes rafales passaient dans les hauteurs du ciel. Elles chassaient des troupeaux de nuages qui se bousculaient dans leur course, éparpillaient des lambeaux neigeux qui se nacraient en passant sur la lune. Et quelquefois, par une trouée profonde, des cris étranges, perçants et voilés tout ensemble tombaient du zénith vers la terre. Le Rouge, alors, levait la tête ; mais il ne voyait tout là-haut, dans la déchirure de la nue, qu'une seule étoile qui scintillait. Déjà les oiseaux migrateurs étaient passés sur les Orfosses, qu'un autre vol à l'opposé approchait au-dessus des nuages, laissant tomber encore dans son sillage les mêmes cris lointains, doux et rauques, ou le bruissement claquant de ses ailes.

Le hère ne tenait plus en place. Quand le dix-cors marchait à travers la forêt, il ne lui était plus possible de régler son pas sur le sien. Une frénésie le prenait tout à coup, l'emportait en de courts galops par-dessus les cépées drageonnantes. Il y avait près des étangs une clairière spacieuse, gazonnée, un peu humide çà et là. Par les belles nuits, la lumière de la lune y pleuvait en grandes averses blondes. Souvent, lorsque les deux bêtes passaient là, le Rouge pouvait voir de grandes places où l'herbe avait été foulée. Des lapins trottinaient devant eux, montraient leur queue blanche sous la lune. Dès qu'ils tournaient la tête de leur côté, le pâle reflet de l'astre allumait dans leurs prunelles un feu rougeâtre qui ne s'éteignait pas. Le passage des deux puissantes bêtes n'interrompait point leurs ébats. Ils culbutaient presque contre leurs jambes et se pourchassaient entre eux avec de petits cris aigus.

Mais ce n'était pas ces bestioles qui retenaient le hère sur la pelouse. Il y flairait longuement les places où l'herbe avait été foulée. L'odeur qui frappait ses narines l'amollissait, l'exaltait à la fois. Il regardait le vieux solitaire, son ombre épaisse et haute qui glissait dans le clair de lune et s'éloignait vers la forêt. Il le laissait ainsi s'éloigner, rappelé malgré lui sur sa trace, mais retenu par l'herbe couchée, par les empreintes et l'odeur de sa harde.

Une sourde rancune commençait de se lever en lui au souvenir du long hiver morose, de l'esclavage qu'il avait subi. Il en voulait au vieux cerf des Orfosses de ses sommeils interminables, de la lenteur précautionneuse avec laquelle il pliait ses genoux, s'allongeait pesamment sur les feuilles. Ce n'était point majesté de sa part, mais raideur de vieillard que tourmentent les rhumatismes. Qu'il s'en allât, satisfait d'être seul! Le Rouge avait soif, désormais, de se mêler aux hères de son âge, de revoir l'Aile et la Biche-Longue, de percer hardiment jusqu'aux gagnages de la plaine au milieu de jeunes bêtes alertes, joyeusement énervées comme lui par la montée des sèves nouvelles.

Le glapissement d'un renard en chasse ricochait sur l'eau de l'étang. Un frisson froid lui horripilait l'échine : mais ce n'était que la voix d'un renard et ses poils soulevés retombaient. Le vieux cerf avait disparu, il était trop tard désormais pour essayer de le rejoindre. Le Rouge se retournait d'un saut, le mufle dans le vent de la nuit. Et, tout à coup prenant sa course, il bondissait à travers la pelouse et galopait contre le vent.

Il y avait d'abord le taillis où la harde se cachait dans le jour. À pleine poitrine le Rouge allait sa route, fouetté souplement au passage par les broussailles et les rejets. Mais bientôt, de lui-même, le taillis s'ouvrait devant sa course : et il trottait sans qu'une feuille l'effleurât, reconnaissant à ces longues trouées les voies frayées par les corps de ses frères.

Le taillis devenait moins épais, le vent plus vif, le clair de lune plus lumineux. C'était bientôt la plaine libre, les champs de l'homme où pousse le blé. Toute la harde était là, dans le blé. Le Rouge la devinait toute proche. La Bréhaigne, tournée vers le bois, l'avait entendu la première. Elle poussa un brame court et grave, une sorte de « bon » qu'elle étouffait à fond de gorge. Le même brame, aussitôt, vibra dans la gorge du Rouge. Cela devançait toute pensée. Cela ne pouvait pas s'entendre au-delà d'une vingtaine de pas. Appel, réponse, c'était comme un dialogue assourdi, un secret échangé dans la nuit. Et cela signifiait que les bêtes n'avaient rien à craindre, qu'elles pouvaient continuer à paître le blé de printemps.

Le Rouge pénétra dans le champ. Toute la harde paissait au milieu de la pièce, ayant à peine tranché au passage quelques tiges plus hautes que les autres. Mais là où elle se tenait maintenant, c'était un saccage assidu qui ne laissait aucun brin debout. Les bêtes, le col penché, ne s'écartèrent qu'à peine lorsque le Rouge apparut devant elles. Leurs dents faisaient un bruit de meules. Elles paissaient presque en cercle, se tournant mutuellement la croupe : entre elles, une aire tondue et piétinée s'élargissait à chaque pas qu'elles faisaient.

Le Rouge baissa le col et se mit à tondre le blé. Les tiges en étaient si tendres que les dents les tranchaient en faisceau. Toutes les bêtes s'emplissaient la panse, viandaient dans la nuit de printemps. La lune s'inclinait dans le ciel, allongeait sur le champ l'ombre des arbres de la lisière. Les bêtes continuaient de manger, ne relevant la tête que pour reprendre haleine et rafraîchir un peu leur mufle à la douceur froide de la brise. Un lièvre trottait dans le blé, déboulait au milieu de la harde. Sans effroi, il traversait l'aire dénudée où marchaient les grands animaux, et rentrait au-delà dans l'épaisseur des tiges frémissantes. Mais plusieurs fois, non loin encore, il se levait tout droit pour voir par-dessus leurs pointes ; et sa silhouette aux longues oreilles dansait sur la pâleur du ciel.

Vers l'aube, le Rouge quitta la harde. Son ventre pesait entre ses jambes. La pensée du Vieux des Orfosses le précédait dans le taillis. Il le cherchait, ne sachant pas encore qu'il le cherchait : c'était la première fois, depuis des mois, qu'il restait si longtemps loin de lui. Il retrouva leur route de la veille, près des étangs, à travers la pelouse. Au-delà, c'était la hêtraie où le dix-cors s'était enfoncé dans la nuit. Le jour venait, transparent et léger. Au fossé de bordure, le Rouge tomba sur la voie du vieux mâle : son pied, aux tranches rondes et usées, avait laissé son empreinte dans l'humus. Le Rouge suivit la voie sous les hêtres, et bientôt, dans un fourré de fougères et de ronces, il atteignit la reposée du solitaire.

Elle était vide. Mais le Vieux des Orfosses devait l'avoir quittée depuis peu. La litière était encore chaude, presque brûlante. Les feuilles et l'herbe sèche y apparaissaient écrasées, comme si l'énorme bête se fut roulée sur elles dans la souffrance et dans la fièvre. Le Rouge, inquiet, soufflait contre la couche, la grattait doucement du sabot. Il tressaillit : derrière lui, à quelques pas, un frôlement glissait dans la fougeraie tandis qu'un soupir douloureux s'entendait sous son épaisseur. Il s'élança, ne doutant point que ce ne fût le vieux dix-cors. Mais la bête qui surgit devant lui et bondit par-dessus les fougères, il lui parut que c'était une biche, une biche géante, au front nu, qui pourtant ressemblait au vieux cerf des Orfosses-Mouillées.

L'étrange animal s'enfuyait, non point en donnant de vitesse, mais en se coulant sous les arbres avec une adresse silencieuse, comme une ombre mouvante aussitôt confondue parmi les ombres du sous-bois. Cela encore rappelait au Rouge la manière du vieux solitaire. Il demeurait tout interdit, continuant d'avancer malgré lui vers les hautes fanes de fougères d'où il l'avait vu surgir. Et tout à coup, sous leur épaisseur, son pied buta contre une chose dure à demi enfoncée dans la terre. Il regarda : c'était une corne, massive et brune, sillonnée de gouttières profondes et gemmée de grosses perlures blanches. L'autre gisait un peu plus loin, cachée aussi au plus épais de la fougeraie. Le Rouge comprit que le vieux cerf venait de jeter sa ramure, et que de très longtemps il ne le reverrait plus.

VI

LES SEMAINES QUI SUIVIRENT CETTE NUIT-LÀ NE FURENT qu'une longue ébriété, un temps de liesse et de folie qui parut un rêve sans fin. Le printemps soulevait la forêt. Le charme et le bouleau se couvraient de feuillottes blondes qui semblaient ne point tenir aux branches mais envelopper les arbres d'un halo. Tout ce qui renaît aux jours tièdes, tout ce qui monte de la terre et de l'eau débordait par-dessus les choses mortes, les submergeait sous son bouillonnement. Dans la jonchère, dans la fougeraie, les glaives luisants allongeaient leurs pointes, les crosses se déroulaient au soleil : et les fanes de l'automne, jour à jour, cédaient la place et disparaissaient, effacées du visage de la terre par l'éclatante verdure nouvelle.

L'herbe des allées fleurissait. Les stellaires blanches balançaient leurs étoiles sur le bleu pourpre des pulmonaires, sur le tapis flambant des lotiers. De grandes euphorbes, lorsqu'on les effleurait, laissaient perler une sueur de lait. L'air sentait la plante et la bête, toutes les odeurs confondues en une seule une émanation puissante, universelle, qui traînait dans les nappes de lumière.

Cela se confondait aussi avec la chanson de l'espace. Les bourdonnements des vols d'insectes, les pépiements et les trilles d'oiseaux, jusqu'aux appels des charretiers dans la plaine, tous ces bruits vivaient et vibraient dans l'épaisseur odorante de l'air. Le Rouge trottait par la forêt, se roulait tout à coup dans l'herbe, se relevait d'un coup de reins pour reprendre sa course enivrée. Il abordait hardiment les lisières, écoutait au lointain de la plaine le hennissement d'un cheval au labour, le meuglement d'une vache au pré. La plaine, entre les arbres, chatoyait de colzas en fleur, de sainfoins roses, et les horizons étaient bleus.

Il replongeait dans la forêt, enveloppé tout à coup par un tourbillon de mésanges, s'écartait sans rompre sa foulée pour éviter un nœud d'aspics rouges, tournait le cou à la volée pour cueillir une pousse feuillue. La provende l'attirait de toute part, montait d'elle-même au-devant de son mufle : la forêt tout entière n'était qu'une grande pâture offerte.

Il ne coupait même plus les tendres pousses bourgeonnantes. Il les pinçait entre ses dents, rejetait la tête en arrière pour en arracher l'écorce. Elle était autour de l'aubier comme un fourreau souple et gonflé, comme une peau. Dès que ses incisives en avaient tranché l'épaisseur, elle cédait dans toute sa longueur, immédiatement ruisselante de sève. Et cette écorce douce et sans fibres, cette sève savoureuse, aigre-amère, ces bourgeons éclatés qui venaient avec l'écorce, qui lui entraient dans la gueule avec elle, c'était comme si leur substance vivante, fermentante, fût aussitôt passée dans son sang. Sa propre peau se gonflait sur sa chair, la sève coulait en lui avec un bourdonnement de source qui lui emplissait les oreilles.

Il se mettait à tituber, les arbres de la futaie se balançaient devant ses yeux, la terre soulevée tournait en oscillant. Ivre

de brout, il s'enfonçait dans le hallier, gardant juste assez de conscience pour gagner un coin abrité avant de se laisser tomber dans l'herbe. Il s'endormait tout aussitôt, sombrait dans un sommeil velouteux et profond.

Presque tout le jour, il dormait. Les pouillots, les mésanges charbonnières en train de bâtir leur nid venaient voleter jusque sur sa tête sans qu'il bougeât plus que les arbres. Seules ses oreilles, quand le vol d'un insecte ailé en chatouillait le cornet velu, se secouaient nonchalamment. Mais les taons s'y posaient quand même : et, lorsqu'ils s'envolaient, repus, une goutte de sang suintait à la place qu'ils venaient de quitter, roulait un peu en sinuant, et s'arrêtait, coagulée par le soleil.

Il s'éveillait aux approches du soir, le corps chaud, tout engourdi encore. La fraîcheur qui montait des combes achevait de lui ouvrir les yeux. Elle pénétrait lentement son pelage, le recouvrait d'un lustre un peu mouillé. Le besoin de courir et de cabrioler encore, de s'enfoncer fougueusement dans le monde, soudain le remettait debout. C'était l'heure où le rossignol commence à redire sous les feuilles un doux siffle-ment régulier, aussi limpide que le chant du crapaud, mais lent et grave dans l'ombre vespérale. L'engoulevent volait bas à travers la clairière, passait et revenait en crochetant sur ses ailes muettes. Le Rouge allait, infatigable, impatient de rencontres nouvelles. Dans les garennes sableuses tous les lapins se déterraient, gagnaient en peuplades serrées les tertres ras, semés de crottes, qui résonnaient creux sous leurs pattes. Parfois, l'un des sabots du Rouge s'enfonçait dans un trou meuble où sa jambe plongeait d'un seul coup. Il bronchait en soufflant de colère, se redressait d'une encolure violente, et repartait, toute colère oubliée, vers la lueur dorée des étangs. Des fumées en montaient, que transperçaient les pointes des roseaux. Un butor invisible mugissait sur la rive opposée. Le bas du ciel devenait vert et rose, tandis que la première étoile tremblait plus haut, à peine visible encore dans un abîme sans couleur et sans fond.

Déjà le Rouge avait dépassé les étangs, perçait à travers le taillis vers la plaine et les champs de blé. Il ne cherchait point la harde, il n'avait pas envie de la rejoindre. Les ripailles immobiles des biches, la prudence de la vieille Bréhaigne ne lui inspiraient que dégoût. Plusieurs fois, les nuits précédentes, il avait rencontré aux lisières de la plaine un hère de son âge qui courait les naseaux dans le vent, en proie comme lui à la grande folie du printemps. Un moment même ils avaient joué sur la pelouse, galopé le ventre dans l'herbe en se poursuivant l'un l'autre. Mais ils s'étaient vite séparés, chacun repris par sa propre ardeur, la même audace de jeune mâle orgueilleux qui pense seul découvrir le monde.

Ce soir-là, dans le taillis, ce ne fut pas le hère galopant qui surgit devant le Rouge. Ce fut une petite bête agile, aux longues jambes fines, pas plus haute que le faon d'une biche, mais dont le front portait, toutes droites, deux broches fourchues aux pointes aiguës.

L'arrivant se tenait campé au beau milieu de la passée que le jeune cerf suivait dans sa course. Le Rouge continua d'avancer, ne doutant pas que le broquart ne s'effaçât pour lui laisser la place. Mais il dut s'arrêter, stupéfait, et ce fut lui qui bondit de côté : car le petit chevreuil, avec une témérité inconcevable, venait de le charger tout droit. De fureur humiliée, les yeux du Rouge s'allumèrent. Il pivota, prêt à foncer sur les traces du fuyard : il croyait en effet voir le derrière blanc du chevreuil filer à toute vitesse dans la passée qu'il lui avait livrée. Il n'était pas au bout de sa stupeur. À peine avait-il fait volte-face que son minuscule adversaire, se retournant aussi avec une prestesse diabolique, le chargeait encore furieusement. Et, cette fois comme la précédente, ce fut le Rouge qui évita – pas assez promptement néanmoins pour échapper aux cornes aiguës.

Le chevreuil avait essayé de l'estoquer sous le corsage. L'esquive du cerf, un sursaut à demi cabré, déroba heureusement son ventre. Mais une des broches, au passage, lui avait déchiré l'épaule d'une cuisante estafilade. Il ne connaissait pas encore le petit Roi du Chêne-Rond, le broquart impétueux et fier plus batailleur et plus hardi qu'un bouc. Il rompit honteusement devant lui, terrifié par les dagues redoutables : il n'était qu'un hère d'une année, au front dur, mais encore désarmé.

Les chauves-souris, maintenant, le faisaient tressaillir. Les yeux de la Chevêche luisaient dans le creux d'un vieil arbre, un chêne têtard qui se courbait à la lisière comme l'ombre d'un homme à l'affût. La Chevêche ricanait à tue-tête, le poursuivait de son éclat de rire ; et brusquement, prenant son vol dans le soir brun, elle lui soufflait des ailes aux naseaux.

Il suivait peureusement la lisière, le poil soulevé par le craquement d'une branche, par le bruit de son propre pas. Son épaule le brûlait et le tiraillait un peu. Et voici que tout près, dans les broussailles du fossé, un grognement hargneux le faisait bondir encore. Il s'était presque heurté, sans la voir, à une énorme laie qui conduisait sa compagnie. La laie, le garrot hérissé, passa en le bousculant. Elle l'avait flairé de loin, mais ne s'était point pour si peu détournée de son chemin : ce grognement, ce hérissement de soies n'étaient qu'un signe de reconnaissance, le bonsoir d'une vieille laie bourrue.

Elle s'arrêta, hirsute et noire, pour prendre le vent de la plaine. Elle était prête à mettre bas, ses tétines ballaient déjà sous elle ; mais une douzaine de bêtes rousses, toute sa portée de l'an passé, se pressaient sur ses talons. Elle avança d'un pas encore et poussa un nouveau grognement, non plus hargneux comme tout à l'heure, mais assourdi et lentement appuyé, une sorte de soupir monstrueux, calme et grave. Le Rouge, tremblant encore, la vit franchir l'ados du fossé. Et derrière elle, une à une, toutes les bêtes rousses passèrent à la file, prirent leur trot vers les champs de l'homme.

La nuit bougeait vaguement sous la lueur diffuse des étoiles. Il n'y avait pas de lune. Une touffe de menthe, que le troupeau des sangliers avait dû fouler en passant, soulevait au nez du hère des bouffées pressées et violentes. Il allait reprendre sa route, quand les broussailles du fossé s'entrouvrirent silencieusement : et une dernière bête en sortit, un vieux sanglier colossal, plus noir que la nuit du sous-bois. Ses prunelles, dans le clair d'étoiles, luisaient d'une flamme violâtre ; ses défenses barraient son boutoir d'une pâleur de lames nues. Il vit le Rouge, tourna vers lui sa hure, la garda pointée un moment. Le hère n'osait faire un mouvement, et pourtant il reculait, en froissant de la croupe les branchettes épineuses du fourré. Enfin le vieux guerrier, se détournant dédaigneusement, gravit sans hâte l'ados du fossé, disparut sur la piste qu'avaient suivie ses compagnons. Ce fut cette même nuit, bien avant l'aube, que le Rouge se sentit pénétré d'une sagesse inattendue et qu'il rejoignit la harde.

VII

IL Y AVAIT TOUJOURS LES QUATRE BICHES. LA GORGE
Blanche, la Longue et l'Aile venaient seulement aussi de
rejoindre la Bréhaigne. Et chacune d'elles était suivie d'un
faon : trois petites bêtes tachetées qui marchaient dans le pas
de leur mère. Elles étaient nées depuis un mois, agiles déjà sur
leurs longues pattes, mais si folles dans leurs sauts capricieux
qu'elles vacillaient parfois et fléchissaient en retombant à terre.

Aux plus chaudes heures de la journée, chacune des mères
biches prenait sa retraite à l'écart et regagnait la chambre
de feuillage où naguère elle avait mis bas. C'était un creux
de hallier très secret que de longues branches recouvraient
en voûte. L'ombre y demeurait presque fraîche, et les gros
taons, les œstres velus qui bourdonnaient par essaims au
soleil pénétraient rarement jusque-là.

La biche, étendue sur le flanc, courbait un peu son corps
et repliait ses jambes à demi pour envelopper la menue bête
chaude. Le faon bientôt dormait contre elle, le pelage moite,
un petit bout de langue rose dépassant le bord de son mufle.

La biche, contre son ventre, sentait battre le cœur de son
petit. Elle somnolait aussi, les oreilles quand même aux
aguets. Parfois, sans s'éveiller, le faon goulu poussait sa tête
et cherchait encore ses tétines. Alors la biche déplaçait dou-

cement sa jambe, et soupirait, heureuse, comblée, tandis que son lait ruisselait dans la bouche du faon endormi.

Tous les vieux mâles demeuraient invisibles. Quand les femelles, à la tombée du jour, se rejoignaient aux ailes de la forêt, il n'y avait que trois ou quatre hères pour les suivre aux gagnages de la plaine. Le Rouge, plus volontiers, se tenait à côté du jeune mâle qu'il avait rencontré la nuit, au temps de la folie d'avril. Mais ni l'un ni l'autre à présent n'avaient plus envie de jouer. Un peu fiévreux, la tête pesante, ils cheminaient sagement, avec une componction d'anciens.

Le sang fourmillait dans leurs bosses, ils les sentaient gonflées et douloureuses. Le compagnon du Rouge boitait un peu d'une patte de devant : il s'était foulé le pied en sautant du haut d'un talus sur un chemin au sol pierreux. L'arête d'un silex lui avait entaillé un ongle, et cette entaille demeurait bien visible sur les empreintes qu'il laissait derrière lui.

C'était maintenant le plein été, l'époque des soirs interminables, des nuits tièdes et transparentes où la pâleur traînante de l'aube prolonge sous l'horizon la clarté du crépuscule. Les fougères des sous-bois avaient étalé toutes leurs palmes ; les genêts étaient défleuris, couverts de goussettes noires qui éclataient en pétillant quand le soleil de midi les touchait.

Un soir, comme il traversait un buisson, le Rouge sentit au sommet de sa tête une douleur soudaine et vive. Il s'arrêta tout net, sans comprendre ce qui lui arrivait. Il était assez souple et adroit pour se couler en plein fourré sans se heurter aux branches blessantes ; depuis un mois surtout, ses bosses endolories le rendaient encore plus circonspect. Levant les yeux dans sa trouée, il découvrit au premier regard le rameau qu'il avait dû toucher : un peu de sang en poissait l'écorce. Il revint avec précaution, avança très lentement la tête. Et tout à coup le même élancement aigu le surprit et l'arrêta. Sans aucun doute, il touchait la même branche, à la même place. Quelque chose, au-dessus de sa tête, en rencontrait la rugueuse écorce et s'y éraillait de nouveau – quelque chose, qui tenait à lui, qui avait dû pousser sur lui sans qu'il s'en fût encore aperçu.

Désormais il évita les taillis buissonneux, se cantonna dans les bois clairs. Mais quelquefois, avec les mêmes précautions tâtonnantes, il avançait la tête vers un scion flexible et feuillu, guettant anxieusement l'instant où il allait en sentir l'effleurement. À chaque fois le contact l'étonnait, devançant ses derniers souvenirs. Ce qui poussait sur sa tête grandissait, devenait aussi moins sensible, de jour en jour un peu plus dur.

Les autres hères, comme lui, s'éloignaient dès la fin de la nuit, tourmentés par la pousse de leurs bois. La même fièvre légère faisait briller leurs yeux. Déjà, sur la tête du Brèche-Pied, les dagues s'allongeaient hors des bosses, moins faites encore que celles du Rouge, mais jaillissant d'un jet courbe et nerveux sous la mollesse duveteuse de la peau qui les gainait.

La nuit venue, ils ralliaient la harde. L'inquiétude un peu dolente où les plongeait le travail de leur tête ne leur ôtait point l'appétit. Ils se gavaient de légumes et de grains, engraissaient autant que les biches. Et peu à peu l'entrain leur revenait, un besoin de prodiguer leur force, d'éprouver leurs muscles épaissis.

Le Rouge connaissait à présent la longueur juste de ses dagues leur dureté, leur acuité. Il les avait frottées contre les jeunes baliveaux, doucement d'abord, car elles lui faisaient encore mal, puis de plus en plus hardiment. L'agaçant fourmillement qui les avait longtemps parcourues avait fini par disparaître avec les lambeaux de peau brune qu'elles laissaient à l'écorce des arbres. Les derniers n'avaient même pas saigné. Et maintenant, au lieu des jeunes troncs au bois tendres, les trembles ou les saules des étangs, le Rouge choisissait les jeunes chênes à l'aubier dur pour essayer sa ramure toute neuve. Ses dagues brillaient, lisses comme des tiges de jonc, à peine marquées de fines et longues nervures que les gouttières ne creusaient pas encore. Elles brunissaient aussi, presque noires à leur racine, pour s'éclaircir progressivement jusqu'à leurs pointes à peine teintées, d'une blancheur polie d'ivoire.

L'apparente sagesse de naguère avait cédé depuis longtemps à une fougue plus ardente que jamais. Il galopait à côté du Brèche-Pied, maintenant guéri de sa foulure. Flanc contre flanc, ils s'élançaient sur la pelouse. Et c'était de longues courses dans l'épaisseur de l'herbe, des charges brusques l'un contre l'autre la tête basse et la bouche écumante, à croire qu'ils allaient dans le choc rompre leurs dagues ou se briser le crâne. Mais au dernier moment ils s'évitaient d'une volte imperceptible, se croisaient comme deux flèches en se frôlant le poil : et la charge furieuse s'achevait en un cercle alenti qui les ramenait à hauteur l'un de l'autre, les entraînait d'un même trot fraternel jusqu'à la berge de l'étang.

L'eau était d'une fraîcheur délicieuse. Ils y plongeaient leurs jambes avec lenteur, jusqu'aux genoux, jusqu'aux cuisses, jusqu'au ventre. Leur poitrine y entrait à son tour, ils allongeaient leur cou sur l'eau, laissaient flotter leur tête en fer-

mant les yeux de plaisir. Quand la surface, enfin, venait leur effleurer le mufle, ils buvaient, sans bouger, et laissaient la fraîcheur de l'eau couler en eux à petit bruit.

L'été paraissait éternel. La forêt portait toutes ses feuilles. Chaque arbre était un toit touffu, dense et sombre, où la lumière ne s'infiltrait que goutte à goutte, retenue par chaque feuille au passage. Et tous les arbres aux cimes rapprochées ne formaient qu'un seul dais immense qui semblait se gonfler par-dessus, se tendre et s'immobiliser sous le poids de la lumière du ciel.

Ce qui dormait sous le couvert, c'était seulement un mirage de lumière, une nappe d'air transparente et glauque, calme comme une eau souterraine. Quand le vol d'un passereau passait silencieusement au travers, on eût dit que l'oiseau flottait, dérivait comme une balle de plumes. Et les mouches tournaient en rond, suspendues aussi et flottantes, pareilles à des insectes d'eau ; mais leurs ailes, par moments, s'irisaient d'une clarté plus réelle, accrochaient un éclat de soleil qui rebondissait en fusant. Et l'on entendait tout là-haut, de l'autre côté des cimes, un vrai cri d'oiseau aérien, le coup de sifflet d'un bouvreuil qui piquait une tête dans le bleu.

Il y eut un matin, à l'aube, une rencontre dans un layon avec le broquart du Chêne-Rond. Cette fois comme la précédente, le Rouge et lui se trouvèrent presque nez à nez. Mais le broquart vit sans doute les dagues neuves, car il passa en s'écartant un peu, avec la courtoisie qui convenait à sa petite taille.

Il y eut, plusieurs soirs de suite, des surprises aux gagnages de la plaine. Ce n'était pas des aventures. Mais les daguets ne s'attendaient plus à voir revenir les vieux mâles. Ils reparurent pourtant à l'improviste, tous dans l'espace de quelques jours comme s'ils se fussent donné le mot. D'abord le grand cerf des Orfosses, puis la Tête-Rouée, puis le Bigle, puis l'Épi-Noir et l'Oreille-Coupée. La Tête-Rouée était rouée comme devant, avec les mêmes bois trop serrés, trop renversés sur l'encolure. Les autres portaient haut leur tête neuve, fiers de leurs andouillers luisants, de leurs grosses perches bien semées. Mais le Rouge s'avisa que les bois du Vieux des Orfosses étaient moins amples et moins réguliers : leur empaumure au lieu des épois d'antan, ouverts comme les doigts d'une main, ne portait plus que des chevilles nouées, une espèce de protubérance biscornue.

Mieux valait une paire de bonnes dagues, lisses et aiguës comme les siennes. Les autres daguets de la harde semblaient partager cet avis. Ils n'osaient pas encore tenir tête aux vieux mâles, mais ils s'écartaient moins promptement devant leurs majestés grognonnes.

La saison continuait de leur être prodigue. À la pâture ou à l'aiguade, il y avait place pour tous. La venaison chargeait les bêtes. Sur le pelage des faons premiers-nés, les taches de la livrée devenaient moins distinctes. La fin de septembre approchait, les merisiers sauvages rougissaient un peu à la cime. Çà et là, sous la grande futaie, un rayon de soleil, dardé par une trouée des feuilles, tranchait obliquement la pénombre et se fichait roide dans la terre.

La forêt, peu à peu, sortait de sa longue pâmoison. L'humus de nouveau fermentait. Ce n'était plus l'odeur grisante du printemps, mais un relent plus épais et plus lourd qui entrait loin dans la gorge des bêtes. Les champignons poussaient en ribambelles. Des chapelets de grosses bulles s'élevaient du fond des étangs que les colchiques fleurissaient sur leurs bords. Les oiseaux se rassemblaient par bandes tiraient vers les lisières en essaims tourbillonnants. Silencieux depuis des semaines, ils avaient retrouvé une voix : non plus leur chant sonore d'avril, mais une petite voix aigre qui jaillissait en piaillements énervés.

Les vieux cerfs, d'ordinaire peu sociables, devenaient quinteux, agressifs. Ils laissaient sur leur trace un fumet presque offusquant. Les biches, inquiètes, fuyardes, ruaient lorsqu'on passait trop près d'elles. Une folie, une autre folie, comme un dernier sursaut de flamme avant les glaces de l'hiver, ranimait les sèves assoupies et brûlait le sang des bêtes.

Un soir, les biches ne vinrent pas au gagnage. Le Rouge, de loin, les avait aperçues dans la lueur vermeille du couchant. Elles se tenaient serrées les unes contre les autres, debout sur le bord de l'étang. La tête haute, les oreilles droites, on eût dit qu'elles prenaient le vent, qu'elles attendaient.

Elles lui avaient semblé toutes petites.

VIII

IL ARRIVA PAR LA FUTAIE DE HÊTRES, SURGIT SOUDAIN entre leurs colonnes grises. Mais il y avait longtemps qu'on l'entendait bramer par la forêt. Il était noir, maigre et farouche. Son poil trempé de sueur fumait. Il continuait à bramer en trottant, d'une grosse voix tremblante et sonore qui éveillait les échos de la nuit.

Quand il sentit la lisière proche, il s'arrêta, huma l'air longuement devant lui. Et tout à coup, plus puissant encore, son brame monta vers les étoiles. Il se tenait debout, les pieds de devant serrés. Il renversait le col en arrière et réait sans pouvoir s'arrêter, le mufle tendu vers le ciel. Son corps maigre et musclé pantelait, tout entier secoué par ses cris. À la fin de chaque raire sa voix s'étranglait dans sa gorge, se brisait en un long appel rauque, une sorte de rugissement à la fois douloureux et terrible.

Le premier des cerfs de la harde, le vieux mâle des Orfosses l'avait entendu de très loin. Alors il s'était mis debout, avait gagné l'orée de la futaie, vers la pelouse, entre la profondeur des arbres où montait le raire du Pèlerin et l'étang où se tenaient les biches.

Quand le raire s'était rapproché, le Vieux, baissant sa lourde tête, avait donné des andouillers dans les cépées de la lisière : les feuilles volaient sous ses coups enragés et les rameaux sifflaient en se couchant.

Quand le raire avait retenti dans les taillis du Chêne-Rond, le Vieux, de ses sabots fourchus, s'était mis à gratter l'humus : et des lambeaux de terre noire avaient volé parmi les feuilles.

Maintenant, à vingt pas du Pèlerin, le grand cerf des Orfosses bramait aussi dans la nuit d'automne. Ils avaient flairé leur odeur bien avant de s'apercevoir. Mais à présent ils se voyaient l'un l'autre, chacun d'eux mugissant de fureur devant la haute et noire silhouette qui se dressait droite devant lui, grandie encore sur le vague ciel nocturne. Le premier quartier de la lune s'était levé pendant le jour ; il déclinait déjà sur l'horizon occidental, plongeant sa double corne dans une brume un peu rougeâtre où se brouillaient les pieds des arbres.

Le premier, le Pèlerin s'avança. Il ne chargeait pas encore. Il comblait la distance en trottant, sans cesser de mugir si fort que le tonnerre de sa voix régnait seul dans toute la forêt : entre chacun de ses cris monstrueux, un silence absolu, solennel, refluait à l'infini des bois.

Le vieux mâle des Orfosses, cependant, le regardait venir sans bouger, en se tournant seulement un peu, d'un mouvement imperceptible, pour garder son front baissé dans la ligne que suivait le Pèlerin. Son mufle touchait presque le sol. Il mugissait aussi par intervalles, mais d'une voix plus profonde et plus grave : un grondement qu'étouffait la terre moite.

Et soudain, le Pèlerin chargea. Il arriva de toute sa vitesse contre le vieux cerf immobile. Leurs deux ramures se heurtèrent en craquant, s'emmêlèrent dans leur choc même et demeurèrent étroitement accrochées. Celle du Pèlerin était un peu moins large que celle du Vieux des Orfosses, en revanche plus noire et plus dure. La masse de son corsage était aussi moins pesante, mais ses longues jambes de voyageur n'étaient que muscles et tendons. Front contre front, ils se mirent à tourner en soufflant, arc-boutés à la fois sur leurs têtes rivées l'une à l'autre et sur leurs jarrets tendus. De grandes plaques de mousse arrachées, libérant une odeur de terre fade, roulaient sous eux comme des chiffons. Ils continuaient à tourner en haletant, avec des souffles de plus en plus rauques. Parfois l'un d'eux semblait faiblir, fléchissait sur ses pattes de derrière et touchait la terre de la croupe. Mais il semblait que ce contact même lui redonnât une vigueur nouvelle : son échine se bandait en arc, ses pattes pliées se redressaient lentement ; et c'était l'autre qui cédait à son tour, fléchissait comme s'il allait s'abattre.

Leur corps à corps se prolongeait ainsi, quand les herbes de la pelouse s'entrouvrirent sous un pas léger. Cela venait du côté de l'étang, glissait très doucement dans la nuit. La brume du soir avait pâli, elle étendait au ras du sol un voile laiteux et diaphane. Ce qui venait s'était arrêté. Émergeant du voile de brume, le corps fin d'une biche apparut. Elle allongeait son cou flexible, regardait le combat des mâles. Et elle s'approchait pas à pas, doucement, malgré elle attirée.

Le Pèlerin, d'une secousse violente, parvint à dégager ses bois. Il avait vu la biche, la tache blanche qui lui marquait la gorge. Il recula un peu, prit encore son galop de charge. Mais à ce coup, au lieu de présenter le front, il rompit de côté son élan à l'instant même où il allait frapper, et, d'une torsion sournoise du col, chercha le flanc du Vieux des Orfosses.

Son attaque réussit : il sentit au passage le cuir s'ouvrir et se déchirer sous son andouiller de massacre. Le Vieux poussa un long meuglement de détresse, rompit le combat en boitant. Alors la Gorge-Blanche fit volte-face d'un bond peureux et s'enfuit à travers les herbes.

Elle ne fuyait pas vite. Elle entendait contre ses talons les pas précipités du mâle. Elle sentait déjà sur elle son souffle ardent, la brûlure de son poil en sueur. Et elle tremblait, les jambes coupées, le ventre caressé par l'herbe.

Cela dura toute la semaine, et encore la semaine qui suivit. La battue de l'hiver précédent, meurtrière aux biches des Orfosses, avait laissé les mâles en surnombre. Le Pèlerin, cette année-là, dut soutenir bien des combats. Mais il était enragé par son rut, courageux et redoutable. Efflanqué, plus sombre de corsage que tous les cerfs de la forêt, il bramait toutes les nuits sans relâche, de la tombée du soir jusqu'après le lever du soleil. La Tête-Rouée, l'Épi-Noir avaient dû céder devant lui. Les faons que les trois biches mettraient bas au printemps prochain seraient des bêtes nerveuses et dures, de longue haleine et de sang généreux.

Il disparut, une nuit de pleine lune, aussi mystérieusement qu'il était apparu. Si las qu'il fût, il avait repris dès le soir son grand trot de coureur des bois ; et toute la nuit il avait voyagé, regagnant on ne savait où une autre forêt dans le monde.

Alors, les vieux mâles des Orfosses se combattirent les uns les autres. Les daguets fuyaient devant eux, sans se résoudre à s'éloigner de la pelouse. Et, quand les bêtes aux larges têtes

laissaient les biches pour un moment, ils revenaient tourner autour d'elles.

Aux derniers jours d'octobre enfin, les grands cerfs abandonnèrent le rut. Meurtris des coups qu'ils s'étaient portés, le poil hirsute, les larmiers poissés d'une humeur noire, ils prirent chacun leur buisson solitaire dans l'épaisseur de la forêt. Pendant cinq ou six jours encore, on entendit parfois, la nuit, le brame grêle d'un daguet qui s'efforçait de grossir sa voix. Et ce fut le silence de l'automne, les heures feutrées de brume blanche où la chevêche criait par intervalles, où le piaulement du lièvre surpris par le bond du renard s'entendait d'une grande lieue au loin.

Le Rouge suivait l'Aile comme une ombre, le Brèche-Pied ne les quittait pas. Ils se couchaient auprès les uns des autres, l'un des jeunes mâles un peu à l'écart. Les feuilles, chaque matin, tombaient. Leur murmure soyeux glissait le long des branches, venait mourir sur la jonchée qui couvrait déjà le sous-bois. Très loin, vers les Mardelles, on entendait frapper des cognées de bûcherons. Celui des deux daguets qui était le plus près de l'Aile la caressait parfois du cou, de la langue. Certains matins, aux heures avant l'aube, la surface des étangs se recouvrait d'une taie de glace que le soleil levant fondait.

Une nuit, dans la grande paix froide de l'espace qui précédait le petit jour, un coup de feu claqua près des trois bêtes. L'Aile sursauta et partit comme une flèche. Le Brèche-Pied bondit de son côté, le Rouge s'élança au hasard. Ce coup de feu avait claqué si près, si durement, qu'une terreur panique les avait aussitôt affolés, les dispersant par le hallier.

Le Rouge n'avait pas fait trois sauts que l'odeur corrosive de la poudre le saisit soudain aux naseaux. Presque aussitôt, à quelques pas, le bruit d'une toux humaine déchira l'ombre et le cloua sur place. La conscience d'un danger terrible lui rendit un peu de sang-froid : il se mit à reculer doucement, le cœur secoué de battements affolés, mais attentif à bien poser ses pieds, à éviter les brindilles de bois sec et les épaisseurs de feuilles mortes. Et cependant il fixait l'ombre devant lui, distinguait peu à peu une silhouette mouvante et courbée. La nuit n'était plus très épaisse ; une lueur cendreuse, qui venait d'une allée proche, faisait écran derrière la forme humaine. Le Rouge reculait toujours, avec la même attention de tout le corps, chaque fibre de ses muscles à la fois docile et crispée. Dès qu'il sentit qu'il était assez loin, il partit d'un galop démentiel, si rapide que l'air de sa course lui sifflait autour des oreilles.

Il ne s'arrêta que très loin, quand l'haleine vint à lui manquer. Ses yeux demeuraient hagards, emplis encore de la vision dont l'horreur les avait frappés. L'homme qu'il avait vu dans le bois était penché sur un sanglier abattu, une bête de compagnie dont les soies rousses ruisselaient de sang. Le Tueur, ainsi penché, regardait et touchait ce sang, le recueillait à mesure qu'il coulait dans une seille de toile grossière, comme s'il eût voulu ne laisser derrière lui nulle trace de son meurtre furtif. La louche clarté du petit jour, le visage aux yeux gris du Tueur, le sang rouge qui coulait sur le poil de la bête morte, tout cela, en un éclair, avait été rejoindre et ranimer dans les entrailles de la bête vivante un souvenir épouvantable. Il chercha, tout le jour, la reposée du Vieux des Orfosses. Le besoin de le suivre encore, de se fier aveuglément à lui, renaissait de ce lointain souvenir. La grande biche étendue sur la neige, la blessure qui palpitait sur elle, les hommes qui étaient accourus, celui des deux qui riait en brandissant un gourdin d'épine, la mémoire du daguet avait oublié toutes ces choses. Mais, revoyant le Tueur devant lui, il s'était remis à trembler comme le hère qu'il avait été dans la neigeuse forêt d'hiver, le matin où sa mère était morte. C'était ce matin-là que le vieux dix-cors des Orfosses avait sauté par-dessus les banderoles. Et depuis, pendant des mois de paisible solitude, le Rouge l'avait suivi dans la forêt.

Il le chercha vainement tout le jour, et encore la nuit d'après. Dans la futaie, par les vallons aux longues pentes, à travers le taillis de l'autre côté des étangs, il erra au hasard et tout seul. Et, comme la nouvelle aube était proche, il aperçut de loin deux bêtes qui marchaient devant lui. Il crut d'abord que c'étaient deux grands faons et il se rapprocha d'eux. Mais il vit que c'étaient deux chevreuils, le broquart du Chêne-Rond et sa chèvre. Ils se tenaient presque côte à côte, la chevrette un peu en avant. Leur poil était lisse et luisant, leurs yeux noirs brillaient d'un feu tendre. C'était pour eux le temps des noces, et ils allaient, enivrés l'un de l'autre, inattentifs à ce qui n'était pas leur présence.

Le Rouge les suivit un moment dans la coulée qu'ils avaient prise. À l'assurance de leurs allures, il était clair que ce passage leur était chemin familier. Soudain, devant les yeux du Rouge, la chevrette s'enleva d'un bond étrange, les quatre pieds comme arrachés du sol. Il la vit un moment battre l'air de ses sabots ; puis elle fléchit de tout son poids, mais demeura les pattes ballantes, le cou vertical et raidi, suspendue par la tête au lien qui l'avait étranglée.

Et ce fut le claquement du fusil, la chute du broquart près du cadavre de la chevrette, tandis que le lourd pas du Tueur écrasait les brindilles du sous-bois.

IX

TROIS SOLEILS SEULEMENT AVAIENT TRAVERSÉ LE CIEL, quand les bêtes de la harde entendirent résonner le cor. C'était tout près, du côté de la grande allée qui sépare les Orfosses du Chêne-Rond. La matinée était douce et dorée, à peine duvetée par une de ces brumes d'automne qui se fondent avec la lumière aux étés de la Saint-Martin.

Le cor sonnait derrière les hêtres avec une force déjà souveraine. La harde, deux heures auparavant, s'était couchée dans le cœur de l'enceinte, près du ru qui descend aux étangs. Les fougères étaient drues à cette place, déjà fanées mais encore toutes sur pied, hautes et raides, les nervures coupantes. Les bêtes, inquiètes, dressèrent la tête. Mais elles ne se mirent point debout.

Quelques secondes s'écoulèrent. On ne voyait au-dessus des fougères que ces têtes aux yeux apeurés. Les cors reprirent leur mélopée, l'ébrouement d'un cheval s'entendit dans un trou de silence, très distinct malgré l'éloignement. Et tout à coup, infiniment plus près, à la distance de quelques bonds, un chien de meute parla sous les hêtres.

Les têtes des animaux se rasèrent davantage dans l'épaisseur de la fougeraie. Ils restèrent désormais immobiles, guettant seulement des yeux au ras des hautes palmes roussies. Mais ce ne fut pas le chien qu'ils virent venir à leur rencontre. Ce fut, tout seul, humant le vent de leur côté, le vieux solitaire des Orfosses.

Le Rouge, en même temps que les autres, avait aperçu sa grande ombre. Elle parut fondre sur eux, se matérialiser avec une rapidité fantastique. Forme, couleur, haute ramure brune, cela prit corps dans la lumière : et ce fut un vieux cerf en alarme dont la peur mouillait déjà le poil, et qui roulait tout en courant de gros yeux craintifs et mauvais.

Il se rua à travers les fougères, en plein dans les bêtes de la harde, et s'efforça de les mettre debout. Il les frappait toutes au hasard, à coups d'andouillers dans les flancs. Chacune, lorsqu'il fonçait sur elle, s'aplatissait un peu plus encore. Mais, sous la violence de ses coups, elles devaient obéir une à une et se lever comme le Vieux le voulait. Biches, hères, daguets, jeunes cerfs, tous surgissaient au-dessus des fougères, se rejoignaient et se hardaient serré. Le Vieux tapait encore dans leur masse, la divisait de son gros corps. Mais les bêtes revenaient derrière lui et de nouveau se groupaient étroitement, opposant leur obstination à celle du vieux chef brutal.

Ce fut la voix du chien qui parvint seule à ébranler la harde. Il donna de la gorge en débouchant au bord de la fougeraie. C'était un grand chien blanc et feu, coiffé de longues oreilles noires. Ses babines roses saignaient un peu, déchirées par les broussailles. Il marchait vite, sans courir, tenant sa truffe haut dans le vent.

Toutes les bêtes avaient fui devant lui. Le grand chien ne s'élança point derrière elles. Il quêta en agitant le fouet, flaira ici, flaira plus loin, toucha du nez un rejet de hêtre,

hausa la tête dans le vent léger en frémissant du coin des narines. Tout cela posément, en silence : jusqu'au moment où un éclat de joie lui jaillit de la gueule, tandis que le Vieux des Orfosses, relancé, se dressait du milieu des fougères où il s'était sournoisement rasé, et bondissait sur les voies de la harde.

Le même manège se renouvela, un peu plus bas dans la hêtraie. Ce chien-là était bon rapprocheur et savait la bête qu'il voulait. Ni danseur, ni babillard, il s'assurait tranquillement aux branches et ne pataugeait point dans le change.

Une troisième fois, il relança le Vieux. C'était à l'orée de l'enceinte, près des étangs. La Bréhaigne, sans qu'il y eût paru, avait tiré de ce côté-là. Elle regardait déjà la lisière, toute prête à sauter dans le clair en emmenant les bêtes derrière elle. Le dix-cors entendit le chien, se rasa comme les autres fois. Mais au moment où il se couchait, il vit que la

Bréhaigne sautait. Alors il devina que sa dernière chance de salut allait peut-être lui échapper ; que s'il persistait davantage à remuer le change au hasard, il ne mettrait pas en défaut le quêteur collé à sa voie.

Dans l'instant, il prit son parti, bondit vers la lisière et réussit à la toucher au moment même où les dernières bêtes passaient.

L'une d'elles était le daguet rouge. Ce fut vers lui que vint s'achever la pointe du Vieux des Orfosses. Il se jeta devant le daguet, le bouscula un peu de l'épaule et le maintint au-dedans de l'enceinte. Il n'avait pas eu besoin de le presser de toute sa force : une brève poussée avait suffi. Quand le chien poussa son récri, ce furent deux cerfs, un daguet rouge et un grand vieux dix-cors, qui partirent devant lui et s'enfoncèrent dans la futaie.

Alors commença, pour le Rouge, une promenade longue et sévère. Le chien continuait de crier en filant bon train derrière eux. Sa clameur discordante exultait à grand vacarme : on eût dit que plusieurs chiens ensemble hurlaient à travers la futaie. Et bientôt, en effet, d'autres chiens hurlèrent avec lui.

Peut-être étaient-ils trois ou quatre. Mais le Rouge, déjà, croyait qu'une meute entière le poursuivait dans les Orfosses. La lenteur de son compagnon était pour lui déconcertante, odieuse. À chaque fois que l'un des chiens criait, il bondissait des quatre pieds pour s'élancer au grand galop. Mais aussitôt son élan se brisait, et il n'avait pas fait vingt mètres qu'une sensation de solitude terrible venait accroître son effroi.

Alors il tournait sur lui-même, en renâclant, et se rappro-chait du dix-cors. Celui-ci allait toujours sa route, au petit trot, choisissant ses passages entre les arbres de la futaie, s'arrêtant même de temps en temps pour mieux écouter les chiens. On eût dit une promenade en effet, emmêlant ses détours au gré d'une humeur fantasque, incompréhensible au daguet. Et pourtant le vieux mâle, visiblement, continuait à trembler aussi. Ses gros yeux roulaient autour de lui les mêmes regards anxieux et troubles ; ses oreilles s'agitaient sans cesse, et sa queue frémissait comme après un épuisant galop. Mais ses allures demeuraient fermes dans les détours qu'il embrouillait, et la sueur qui lui trempait le poil quand il avait tapé dans la harde coulait moins abondante et ne fumait plus au soleil.

Le Rouge, au contraire, s'échauffait. Il avait l'air d'une bête prisonnière qui eût cherché à s'échapper : chacun de ses bonds en avant était comme un sursaut pour briser une laisse trop solide. Tournant sur place, tirant de l'encolure, il dansait d'énervement sur les pas du Vieux des Orfosses, tandis que derrière eux, par intervalles, les chiens hurlaient bref sur leur voie.

Chose étrange pour le daguet : malgré la lenteur de la chasse, leurs poursuivants perdaient du terrain. Il s'aperçut bientôt, avec un regain d'espoir, que le cerf des Orfosses se décidait à précipiter son train. Il allait certainement sauter par-dessus l'allée de bordure, percer ensuite vers les Mardelles et la Bouverie. Et ce serait comme l'autre fois, le jour de la battue aux biches une longue course emballée à travers des lieues de forêt, jusqu'à une combe tranquille où ils s'arrêteraient enfin, reprendraient souffle en attendant le soir.

Le soleil de l'allée parut monter à leur rencontre. Déjà le Rouge se groupait pour sauter ; mais le Vieux, brisant encore une fois sa course, s'arrêta devant lui et lui barra le passage de son corps. Il allongea ensuite le cou entre deux buissons de bourdaine, prit le vent avec une attention extrême, avança un tout petit peu, d'un pas ouaté qui ne dérangeait pas une feuille.

Le daguet huma le vent comme lui et sentit l'odeur de l'homme. Depuis bientôt une heure qu'ils avaient été lancés il commençait à entrevoir la prudence rusée de son ide. En cet instant encore, le Vieux, sans doute venait de les sauver tous deux : des chasseurs étaient là, embusqués quelque part dans l'allée, prêts à lâcher sur eux leur volée de chevrotines. Le daguet pensait déjà revoir les grosses fleurs de fumée au cœur rouge ; déjà aussi, il reculait pour rentrer sous le couvert quand il sentit en plein corsage un coup de tête roidement asséné : le Vieux le poussait en avant, voulait l'obliger à sauter. Il résista, stupéfait et furieux effrayé par le vacarme qu'ils faisaient. Mais brusquement, sous la douleur d'une pointe d'andouiller dans les côtes, il sauta, comme soulevé en l'air par la vigueur de son impitoyable compagnon. Il ne savait plus, à présent, s'il avait à côté de lui un protecteur ou un bourreau. Le grand cerf avait sauté comme lui. Aucune détonation n'avait claqué sur leur passage. Mais le daguet avait vu dans l'allée un homme rouge juché sur un cheval. Et aussitôt, éclatant et barbare, le son d'un cor avait empli le bois.

Un autre cor retentit, un troisième : les *Bien-aller* se répondaient tout le long de la route forestière. Des fers de chevaux tintaient. La voix des rapprocheurs jaillit avec une force redoublée, appuyée par des clameurs humaines. Et soudain, au lieu de quelques hurlements, bien distincts les uns des autres, que les cerfs entendaient jusque-là, ce fut un charivari diabolique, les coups de gueule de quarante chiens de meute découplés ensemble sur eux.

Le Vieux, trottant sous les baliveaux du Chêne-Rond, recommençait à emmêler ses voies. Ici comme dans les Orfosses, c'était pour le daguet le même supplice sans répit. Il haletait, le souffle de plus en plus court. Cette randonnée interminable, presque sur place, au milieu du vacarme qui les environnait de toute part l'épuisait beaucoup plus qu'une longue fuite à pleine vitesse. Mais bientôt, comme dans les Orfosses, il s'aperçut que les hurlements de la meute faiblissaient et semblaient s'éloigner.

De temps en temps, comme pour éprouver ses jarrets, le dix-cors prononçait de côté un écart brusque, une espèce de saut avorté. Il revint sur leur contre-pied, jusqu'à effleurer l'allée même qu'ils avaient franchie tout à l'heure, s'arrêta pour épier encore avec cette allongée du cou, cette légèreté silencieuse du pas dont le daguet avait déjà été frappé. Les cors ne sonnaient plus. Les chiens ne donnaient de la voix que par intervalles espacés.

Alors le Vieux, sans même prendre la peine de sauter traversa le fossé et marcha tranquillement sur l'allée. C'était une petite route battue, au dur empierrement de silex. Serrant ses pinces, il fit juste au milieu à peu près une vingtaine de pas, revint une fois, revint deux fois, se décida enfin à rentrer dans l'enceinte des Orfosses. Plus que jamais son calme apparent, sa lenteur précautionneuse parurent au daguet insensés. Lui, le Rouge, n'avait pas quitté le couvert ; il pouvait voir encore, de l'autre côté de l'allée, le grand cerf qui reprenait sa route. À ce moment, beaucoup plus près, un chien hurla derrière lui ; et aussitôt, comme sur un signal, l'immense récri de la meute déferla.

Alors il bondit en avant, franchissant le premier fossé, puis l'allée, puis le second fossé. À chacun de ses bonds il retombait sur la terre molle, et ses ongles perçaient les feuilles mortes. Pendant quelques secondes, il courut dans l'enceinte des Orfosses, suivant la passée même où le vieux cerf l'avait précédé. Mais sa course mourut d'elle-même, sous une impression de terreur qui dépassait toutes ses récentes alarmes : le dix-cors avait disparu.

Il revint sur ses pas, soufflant à terre et trébuchant. La rive de la futaie où il se trouvait alors était ébouriffée de broussailles épaisses et hautes, des ronces, des viornes, des bruyères folles. C'était là-dedans que le vieux cerf avait dû se glisser en silence pour se raser au plus dense du fourré. Il le chercha, tremblant d'angoisse et de colère. Il se rappelait maintenant qu'une grande ombre fauve avait sauté hors de la voie, mais d'un bond si haut et si long qu'il avait cru à une coulée de vent dans le feuillage roux d'un chêne. Il courut un moment au hasard, revint encore plusieurs fois sur lui-même, désemparé, déjà perdu. Et de nouveau, plus près encore, ce fut le strident coup de gorge d'un chien qui retombe sur la voie.

Le Rouge, alors, cessa de résister à la terreur qui le poussait au creux des reins. Il partit, perça droit devant lui. Et désormais, tout lui redevint clair : il n'y eut plus que sa peur, sa vitesse, sa fuite de bête qui ne veut pas mourir devant les gueules qui hurlaient à sa mort. La tête rejetée en arrière, la langue pendante hors du museau, il galopait en donnant toute sa force, la gorge bientôt sèche et le cœur tapant à grands coups.

Avant le milieu des Orfosses, il était déjà hors d'haleine. Les chiens, derrière lui, s'étaient rameutés d'eux-mêmes. La tête de meute avait franchi l'allée, empruntant aussitôt sa voie chaude. Elle était passée, sans le voir, à vingt pas du vieux cerf rasé. Et maintenant le gros avait rallié dans la futaie, et les quarante anglo-poitevins galopaient en hurlant de joie, serrés en une masse bariolée qui filait au ras du sol comme une voile soulevée par le vent.

Le Rouge continuait à courir vers la pelouse et les étangs. Le mirage de la jonchère, du ru profond entre ses murailles végétales tremblait pour lui à travers les arbres. Son poil brillant avait besoin de l'eau, sa gueule sèche, ses jambes frémissantes ; sa peur avait besoin du secret profond du ru, des hampes serrées qui le cacheraient dans l'eau. Et il courait, ne voyant plus que cette fraîcheur fluide et cette ombre, tandis que les cors des veneurs lançaient leurs fanfares joyeuses et que les chiens lui hurlaient aux talons.

Au dernier vallon des Orfosses, ses forces le trahirent tout à coup. Il se mit à buter dans les souches, le cou pendant, tiré par le poids de sa tête. Le sang lui ronflait aux oreilles, il était à demi aveuglé par une brume rouge qui lui noyait les yeux. Comme il allait atteindre la pelouse, les premiers chiens parurent entre les hêtres. Ils le virent et hurlèrent plus fort : la peur le fouetta de nouveau. Une éclaircie lui révéla les derniers arbres, la lisière, la lueur des étangs. Il déboucha dans un galop de charge ; mais à la première fondrière il broncha encore une fois et se sentit les jambes fauchées.

La grande lumière l'éblouissait. Son reflet qui montait de l'étang ouvrait en avant de sa route un abîme vertigineux. Il entrevit à cent pas, sur la berge, deux cavaliers rouges immobiles, essaya de redresser la tête. Mais il ne pouvait plus, une hébétude mortelle abolissait en lui toute volonté. Il laissa retomber sa tête son garrot se voûter sous un faix d'écrasante fatigue. Et il continua d'aller, d'un trot machinal et fourbu, entendant vaguement les fanfares qui lui sonnaient presque aux naseaux, les cris des chiens qui lui soufflaient au poil.

La première morsure ne le fit qu'à peine tressaillir. Sa jambe mordue rua faiblement sans même qu'il en eût conscience. Une seconde morsure à la cuisse, plus profonde et plus douloureuse, lui arracha un sursaut de révolte. Il s'arrêta, se tourna pour faire front, et reçut en pleine poitrine les chiens de tête qui le pressaient. Lancés ainsi à toute allure, ils n'avaient pas pu s'arrêter. L'un d'eux s'accrocha en plein bond, des mâchoires et des pattes se riva au cimier du daguet. D'autres, étourdis par le choc, se relevaient, lui sautaient au corsage. Il se secouait en meuglant de douleur, essayait de présenter ses dagues, puis se retournait vers l'étang et titubait vers l'eau quelques pas, en halant désespérément cette grappe de bêtes cramponnées à sa chair.

Il sentit qu'il allait fléchir, s'abattre avant d'atteindre l'eau. L'ombre déjà lui emplissait les yeux, son meuglement tremblait, devenait un bêlement pitoyable. Et tout à coup, au moment même où il sombrait, une voix d'homme retentit près de lui, la mèche du fouet claqua sur sa tête et les chiens se mirent à glapir.

Il n'était pas tout à fait porté bas. Son arrière-train avait fléchi en pliant un peu de côté. Sa cuisse gauche touchait la terre, l'autre tremblait d'un frisson spasmodique ; et le sang, de toute part, lui sourdait du poil à grosses gouttes. Mais il prenait encore appui sur ses pattes de devant raidies, tenait encore son encolure levée. La sensation d'un allégement étrange, persistant, lui rendit un peu de conscience. De nouveau l'air passa dans sa gorge. Il entendit les cris plaintifs des chiens et regarda autour de lui.

Les chiens étaient à quelques pas, serrés en meute, mais immobiles. Des hommes, debout en avant d'eux, les maintenaient sous leurs fouets levés. Deux ou trois, la gueule encore tendue vers lui, frémissaient sous la menace des longues lanières ; mais ils n'osaient broncher d'un pouce.

Un peu plus loin, il y avait d'autres hommes qui parlaient ; des hommes vêtus de rouge, plusieurs montés sur des chevaux, mais un seul debout devant eux, la tête nue. Et c'était celui-là que fixaient les prunelles du daguet, sa silhouette mince, ses yeux noirs et brillants.

Quand cet homme s'avança vers lui, on eût pu croire qu'il l'attendait. Il n'eut pas un mouvement de fuite. Il demeura comme il était tombé, appuyé sur ses pattes de devant, le regardant toujours à mesure qu'il approchait.

Pourtant, au moment juste où la main de l'homme le toucha, il baissa légèrement le front, tourna le cou et présenta la pointe de ses dagues. Mais il sentit que l'homme les empoignait, les maintenait comme dans un double étau. Et l'ombre lui emplit les yeux.

DEUXIÈME PARTIE

CHAPITRE PREMIER

VINGT PAS DE LONG, QUINZE PAS DE LARGE, UN HAUT grillage tout autour. Le maître d'équipage avait dit : « Je veux qu'il ait beaucoup d'espace, qu'il ne se sente pas captif. » Et il avait fait élever, dans un angle de l'enclos, une cabane de ramée pour qu'il pût s'abriter de la pluie.

Les premiers jours, il n'avait pas bougé. Il s'était réfugié tout au fond de sa prison, du côté qui touchait aux arbres, puis s'était couché sur la terre où il était resté prostré, les yeux meurtris de stries brunâtres, le poil terne et croûtelé de sang.

Des hommes étaient venus le lendemain matin. Il n'avait pas tourné la tête vers eux. Leurs gestes ni leurs voix n'avaient pu traverser sa stupeur. On eût pu croire qu'il ne voyait plus rien, n'entendait rien, qu'il était enseveli déjà au fond des brumes de la mort.

Cela dura trois jours. Il demeurait dans le même creux de terre, presque appuyé aux mailles de la clôture. Le vent de novembre soufflait, faisant voler les dernières feuilles. Elles tombaient jusque sur lui, se collaient à son front, à ses yeux sans qu'il eût un clin de paupières. Plusieurs fois, l'un des hommes avait pénétré dans l'enclos, avait jeté devant sa tête des légumes et du fourrage. Mais il n'y avait point touché.

Chaque matin aussi, le maître d'équipage revenait. Il faisait le tour du grillage, par le dehors, s'arrêtait juste devant lui et passait dans le trou d'une maille le pommeau d'une cravache qu'il portait. Il l'en poussait doucement d'abord, peu à peu avec plus de force, pour essayer de le mettre debout. Sa croupe, sous la poussée, cédait avec une mollesse lourde, un poids de muscles abandonnés, puis retombait dans le même creux de terre, comme le cadavre tiède encore d'une bête qui vient d'être tuée.

« La Futaie ! » appelait le maître.

Alors venait l'homme grand et mince, aux vifs yeux noirs, qui avait écarté la meute et saisi le cerf par les dagues. Le maître et lui échangeaient des paroles en hochant soucieusement le front. Parfois aussi venait une jeune femme, dont la voix musicale et douce se mêlait à la voix des hommes.

Le daguet les laissait s'éloigner, les yeux toujours perdus dans un insondable lointain. Mais à l'aube du quatrième jour, comme La Futaie venait de se lever, il se rendit tout seul à l'enclos du cerf prisonnier. Et bien avant d'atteindre le grillage, il sourit.

Depuis la chasse où le vieux dix-cors des Orfosses avait donné au change le daguet rouge, la pensée du jeune animal n'avait guère cessé de le poursuivre. Il était assez vieux piqueux, assez au fait des incertitudes et des surprises de son métier pour que son amour-propre n'eût pas souffert de l'incident : il n'y était pour rien cette fois-là et les reproches dépités du maître n'avaient pas modifié sur ce point le sentiment de La Futaie, le seul important à ses yeux.

Pendant qu'il marchait vers l'enclos, il se remémorait encore les derniers épisodes de la chasse : au moment juste où les deux cerfs allaient rentrer dans l'enceinte des Orfosses, il avait pris, par ordre, les grands devants vers les étangs. Il n'avait donc rien vu sauter. Que d'autres, au lieu d'être mis en défiance par un volcelest pourtant bien lisible, inscrit sur la terre molle comme sur la page blanche d'un livre eussent laissé les chiens s'emballer sur la voie chaude du daguet, encore une fois ce n'était pas sa faute. Celle des chiens non plus, d'ailleurs, qui ce jour-là comme d'habitude avaient suivi leur instinct de forceurs et naturellement bondi sur les traces d'une proie plus facile, moins robuste, malmenée davantage.

Le débucher du daguet rouge dans la clairière des étangs l'avait néanmoins surpris. En dépit de son allure fourbue, quelque chose en cette bête lui avait fait battre le cœur : peut-être la chaude nuance de son poil, ou la fougue encore magnifique des premiers bonds qu'il avait faits à découvert, ou mieux une grâce dolente et robuste, une énergie que la seule fatigue avait brisée pour un moment. Quand il avait vu la meute se ruer sur lui pour l'hallali courant, les premiers chiens le mordre et lui grimper au poil avant de le fouler à mort, une impulsion irrésistible l'avait fait sauter de cheval et se précipiter contre eux, le fouet haut. Un peu après encore, comme il venait de réussir à leur faire enfin lâcher prise, il avait regardé à ses pieds la bête qu'il avait sauvée, et de nouveau une émotion trouble et puissante lui avait envahi la poitrine.

À travers la clairière, les veneurs piquaient des deux, accouraient. Sa bombe de velours à la main, il s'était tourné vers le maître, mais pas avant que les valets de chiens eussent rassemblé et contenu la meute. Et il avait parlé avec un feu inattendu, sans se soucier le moins du monde d'écouter ce qu'on lui repondait, mais continuant de suivre la même impulsion passionnée qui l'avait fait, dans le premier moment, fouailler les chiens et sauver le daguet. Regardant droit les yeux du maître, il avait oublié ou chassé ses habituelles pensées de serviteur, ordres, désirs qui pouvaient ne pas être les siens, métier qui était son gagne-pain : il n'était plus qu'un homme devant un homme. Il avait dit :

« Je ne servirai pas cette bête. Le fera qui voudra. Mais il faudrait être un boucher. »

Et ce disant il avait eu un geste pour montrer le daguet pantelant, un geste fruste et tendre à la fois, qui déjà relevait, assistait, qui étanchait les plaies saignantes.

« Alors ? » avait interrogé le maître.

Ce change l'avait profondément vexé. On avait lancé un dix-cors, un grand vieux cerf digne d'une Saint-Hubert, et l'on avait à l'hallali un daguet presque agonisant.

« Alors ? » avait-il répété.

Au lieu de lui répondre, le chef piqueux s'était tourné vers une jeune femme, une amazone dont le cheval touchait du flanc celui du maître. Il l'avait regardée dans les yeux, avec une déférence hardie où la réponse qu'il aurait voulu faire se laissait clairement deviner. Puis, de nouveau, il avait montré le daguet. Il était grand, de stature noble et fine, la taille admirablement prise dans sa redingote d'équipage, le ventre plat, les épaules larges. La réponse vint, qu'il avait attendue : « Emmenons-le, gardons-le vivant. »

C'était cela qu'il avait décidé. Les objections formalistes du maître ne pouvaient plus l'intéresser : il savait qu'il avait gain de cause. Et déjà, en effet, le maître d'équipage souriait à sa très jeune femme, s'inclinait galamment devant elle : « Qu'il en soit fait selon votre désir. »

L'enclos, deux ou trois fois déjà, avait parqué des bêtes prisonnières : un daim d'Autriche, un marcassin de la forêt, et celui des cerfs des Orfosses qui avait une marque à l'oreille. Le daim s'était brisé un pied dans une maille de la clôture et il avait fallu l'abattre. Le marcassin devenu sanglier, le jeune faon devenu daguet avaient été rendus à la forêt. Depuis longtemps l'enclos était abandonné, mais il avait suffi d'en réparer le haut grillage et d'en rafistoler la porte pour qu'il fût prêt à se refermer sur le Rouge.

C'était donc le quatrième jour depuis que La Futaie, avec l'aide des valets d'équipage, l'avait porté dans sa prison. À la place même où il était tombé, près de l'étang, on lui avait entravé les pattes ; on avait, avec de grosses cordes, lié ses dagues à l'abattant de fer d'une camionnette où on l'avait hissé. Mais ce n'était plus la peine : ses yeux, en un instant, s'étaient couverts des stries sanglantes qui les tachaient encore aujourd'hui. Il avait entrouvert le mufle et sa langue en pendait tout entière. Étendu sans mouvement sur le fond de la camionnette, il avait l'air d'une bête foudroyée. Mais La Futaie avait bien vu que ses côtes se soulevaient encore, qu'il respirait d'un souffle égal et lent.

Et ce matin, comme il approchait de l'enclos, il s'était mis tout à coup à sourire : car le daguet s'était levé pendant la nuit, et il avait touché aux choux-raves jetés devant lui. Il était temps, sa confiance commençait à fléchir. Mais un regard avait suffi pour qu'elle se ranimât tout entière. Et maintenant La Futaie, en souriant, regardait le daguet debout et murmurait joyeusement à part soi :

« J'en étais sûr ! Cette bête-là ne pouvait pas mourir. »

Ce fut comme une résurrection. Les yeux du Rouge, dans l'espace de cette seule journée, reprirent leur frais éclat vivant, son pelage le lustre ardent de la santé. Avant que vînt le soir, il trottait à travers l'enclos ; et, quand il se heurtait au grillage, ses prunelles noircissaient de colère et il encensait en ronflant.

Il lui fallut moins d'une semaine pour s'habituer à sa captivité. Il avait reconnu les dimensions exactes de sa demeure, mesuré dans tous les sens la longueur des pas ou des sauts qui lui étaient désormais permis. Les mailles du grillage étaient larges, elles ne lui cachaient rien du monde. Du côté de la porte, c'était une petite route par où passaient les hommes et les chiens. On voyait au-delà les plates-bandes flétries d'un potager, plus loin encore des arbres de futaie. Mais à l'opposé de la porte les arbres étaient bien plus près, et leurs longues branches, passant par-dessus le grillage, venaient planer au-dessus de sa tête. C'était de ce côté-là qu'il s'était allongé sur la terre et qu'il était resté couché pendant les premières journées.

La maison des piqueux, celle des chiens, étaient à droite en regardant la porte. Leurs toits de tuiles brunes se mordoraient à travers les arbres quand le soleil perçait les nuages. Elles étaient assez près pour que l'on entendît la nuit, dans la profondeur du chenil, le vagissement d'un limier qui rêvait. Une fois dans le jour, à l'heure où les valets versaient la pâtée dans l'auge, la grande voix hurlante de la meute semblait encore déferler sur sa piste et le faisait bondir d'effroi. Mais à cela aussi le daguet s'était accoutumé, et maintenant il tressaillait à peine quand les chiens, lâchés dans la cour, hurlaient en se jetant vers l'auge. Il y avait encore, sur la gauche, un mur blanc interminable. D'autres arbres, les plus beaux de tous, moins beaux pourtant que ceux des Orfosses, s'élançaient par-dessus sa crête basse – des ormes, des charmes, des platanes à la ramure immense. Et, comme le sol montait au-delà, on pouvait voir entre les fûts des arbres un long gazon en pente douce et la façade claire d'un château dont le soleil faisait briller les vitres.

L'hiver passa. Il y avait déjà longtemps que la jeune femme ne revenait plus. Quand le maître, rappelé de Paris par les chasses, s'aventurait jusqu'au chenil, c'était à peine s'il s'enquérait du daguet rouge.

Cela aussi, La Futaie l'avait espéré et prévu.

G. Rebottaro

II

IL POUSSAIT LA PORTE, IL ENTRAIT. IL TENAIT D'UNE main une poignée d'orge tendre, son autre main était vide et nue.

C'était généralement l'heure où les valets de l'équipage conduisaient les chiens à l'ébat. La Futaie et le cerf étaient seuls, l'homme savait que personne ne viendrait les déranger.

Le Rouge, de loin, devinait son approche. Alors il se mettait debout, face à la porte. Et des frissons, déjà, lui couraient à fleur de poil.

L'homme qui entrait, qui venait droit vers lui, ce n'était pas l'un des passants qui marchaient sur la petite route, qui s'arrêtaient devant le grillage. Même Sautaubois, le valet de quinze ans qui lui portait chaque jour sa provende, ne représentait à ses yeux que l'attente impatiente et la venue toujours trop tardive des nourritures dont il avait besoin. Celui qui venait d'entrer, c'était l'Homme.

Il refermait derrière lui la porte. Il avançait d'un pas égal, sans menace, irrésistible. L'enclos où ils étaient tous deux offrait assez d'espace pour que le Rouge pût reculer, se dérober. Mais il n'y songeait pas ; il attendait que l'Homme fût devant lui, le touchât de la main, lui parlât. Il l'attendait en frissonnant, avec angoisse et plaisir à la fois, dans une espèce de cabrement intérieur qui lui faisait lever un peu, l'un après l'autre, les sabots de ses pieds de devant.

L'Homme s'arrêtait à deux pas de la bête, la regardait fixement dans les yeux. Ceux du cerf étaient larges et bruns, un peu dorés par des paillettes qui entouraient la pupille noire. Elles étaient presque imperceptibles, fondues sur leur contour dans la nuance plus mate de l'iris ; mais leur semis donnait au regard, à la couleur de ce regard, une chaleur bougeante et secrète. L'Homme s'approchait encore un peu ; il pouvait voir alors, dans les prunelles de la bête, se refléter les branches des arbres, un coin de ciel où passait un nuage blanc.

Ils ne se quittaient pas des yeux. Ceux de l'Homme étaient d'un noir aigu, extraordinairement immobiles. Leur fixité insupportable ne relâchait point sa dureté ; et pourtant elle était douce aussi, pesante et douce, sans pointe agressive.

« Là ! Là ! Tout beau ! » murmurait l'Homme.

Le piétinement sur place, petit à petit, se calmait. L'Homme offrait la poignée d'orge et le Rouge la cueillait aussitôt, d'un pincement du bout des dents mais aussi d'un grand coup de tête qui l'arrachait de la main tendue. C'était l'instant où l'autre main venait se poser sur ses reins, sur son épaule. Là où elle s'était posée, elle restait d'abord immobile. Son poids était comme celui du regard, impérieux et doux à la fois. Le piétinement sur place reprenait, petit à petit se calmait. La main de l'Homme commençait à bouger, à promener sur le pelage du Rouge une caresse lentement appuyée. Son contact était frais et brûlant. Cette fois encore, mais avec une acuité plus vive, la bête éprouvait ce mélange d'attirance et de crainte hostile qui lui venait de la présence de l'Homme. L'attirance était la plus forte : le Rouge la subissait avec une avidité stupéfaite ; et la peur qui rôdait au travers, toujours sensible au plus vif de son plaisir, lui prêtait une âcreté capiteuse, une énervante saveur d'ivresse. Alors s'élevait la voix de l'Homme. Non pas, comme tout à l'heure, de brèves exclamations retenues à fleur de lèvres, mais des paroles dites de tout près, confiées à un être vivant au gré des émotions secrètes qui nous viennent de sa présence même. Le Rouge, pour La Futaie, existait et comptait avec autant d'intensité que La Futaie pour l'animal. Il lui disait : « Te voilà, pourtant. Te voilà, mon beau daguet. On a peur ? Pourquoi as-tu peur ? Le plus beau cerf de la forêt, ce sera toi. Courageux, hein, fier et loyal ? Plus que le vieux qui t'a donné aux chiens. Mais patience, tu le retrouveras, tu lui rendras la monnaie de sa pièce. Quand on t'aura lâché, mon ami. Parce qu'on te lâchera, tu sais… Et ce jour-là, c'est moi qui t'ouvrirai la porte. »

Ce n'était que des mots malhabiles, presque sans suite. Mais il y avait la voix, son timbre grave, sa vibration profonde. La main de l'Homme touchait toujours le Rouge et la voix pénétrait tout son corps, l'émouvait tout entier d'un frisson tyrannique et léger. Pour La Futaie, il ne s'entendait plus parler. Il jouissait de sentir sous sa paume la tiédeur de la bête sauvage, de regarder les moires ardentes que les mouvements des muscles faisaient courir à travers le poil. Et les paroles lui montaient aux lèvres, une rêverie d'homme sans témoins qui s'exaltait de cette chaleur velue, de ces beaux yeux un peu effrayés, et de ces frémissements qui renaissaient sans cesse dans la chair du gracieux animal, inépuisables sous sa main. Un jour il dit – et sa main, puis son autre main remontaient le long du cou, jusqu'à serrer la tête du Rouge comme on peut étreindre un visage :

« Sais-tu que je t'ai déjà vu ? »

Il pensait à un faon dans la sombre forêt d'été, à un petit faon rouge qu'il avait entrevu sous les feuilles un dimanche qu'il avait devant lui, dans le fourré, pour son plaisir. Il avait emmené Ronflaut, son limier, son vieux compagnon, un Ronflaut libre comme lui délivré de la botte et du trait. Car il est bon que dans toute vie une heure brille de temps à autre qui vous laisse oublier, homme ou chien, la livrée ou le collier, où l'on aille devant soi sous les arbres d'une forêt sans nom, une grande forêt sauvage avec ses broussailles et ses bêtes, ses mares perdues où les sangliers viennent se vautrer en grognant, ses chambres de feuillage où les mères biches allaitent leur faon.

La Futaie, à l'instant de partir, avait été chercher le vieux Ronflaut dans le chenil : « Viens, mon bonhomme. Au bois ! Au bois ! »

Ils avaient filé tous les deux. Mais comme ils arrivaient devant le chenil des élèves, La Futaie au passage, avait regardé les chiots. Et Tapageaut, le petit de Perçante, s'était mis à gémir vers lui avec une mine si drôlement implorante qu'il n'avait pu y résister. Il avait pris le chiot dans ses bras en se disant : « On verra bien. Je le lâcherai dans la forêt. » Une inquiétude légère le gênait, un soupçon de remords déjà ; mais il en eût fallu davantage, ce jour-là, pour le faire seulement hésiter.

Quand Ronflaut, sous les arbres, avait levé la biche, son inquiétude l'avait repris, le sentiment qu'il s'était mis en faute. Pourtant, même à ce moment-là il n'avait pas voulu gâcher sa belle joie de liberté. Une pensée oblique, néanmoins rassérénante, lui était venue en aide : celle de Grenou le braconnier. À quelque chose malheur est bon. Puisque son limier déchaîné avait alarmé la biche, cela sauverait peut-être le faon des pattes meurtrières de Grenou.

Ronflaut criait à travers le bois. Mais la biche l'aurait vite écœuré : il reviendrait bientôt de lui-même. Ce qui maintenant intéressait La Futaie, c'était le chiot de quatre mois, Tapageaut, le petit de Perçante. La bestiole blanche et feu allait furetant par le hallier, battant du fouet comme un vieux limier. Est-ce qu'elle trouverait, sous sa bouillée de feuilles, le faon que la mère biche avait dû renverser en filant ? Quand Tapageaut avait couru en s'étranglant de cris aigus, il avait été bien content. Peut-être n'était-ce qu'un hasard, mais le gaillard avait trouvé le faon : et il braillait à percer les oreilles, il faisait tête comme un diable enragé ! La Futaie l'avait roidement rappelé et repris par la peau du cou. Mais il l'avait aussi caressé, se promettant de garder l'œil sur lui : car ce Tapageaut-là deviendrait un bon meneur de meute, vite confirmé pour peu qu'on l'y aidât, et gorgé à chanter tout un jour une musique du tonnerre de Dieu.

Ronflaut, comme il l'avait prévu, était revenu de lui-même. La Futaie, dans ses bras, lui avait montré Tapageaut. Et il avait dit au vieux chien : « Regarde-le. Voilà ton successeur. » Ronflaut avait très bien compris, La Futaie n'en doutait nullement. Parler aux bêtes ainsi qu'il le faisait, ce n'était pas qu'une manie de métier. L'œil d'un limier qui lève sa grosse tête, qui vous écoute quand on lui dit, comme La Futaie le lui disait alors : « C'est celui-là qui te remplacera », cet œil est plein d'un regret triste, mais aussi d'une grande confiance soumise. C'est l'œil d'une bête qui comprend et accepte. Alors, une autre fois, à cette bête-là ou à une autre, on se reprend à parler encore. Cela devient une habitude ; et petit à petit on dit des choses qui sont au fond de soi, des choses profondes et vraies que l'on ne dirait pas aux hommes.

« Sais-tu que je t'ai déjà vu ? »

Cette tête un peu rétive que La Futaie tient entre ses mains, c'est celle d'un beau daguet rouge, d'un cerf sauvage de la forêt qu'il a rencontré sous les arbres, autrefois, et que, sans le savoir encore, il a reconnu dans son cœur le jour d'automne où il l'a sauvé des chiens. Maintenant ses souvenirs sont clairs : la seconde fois qu'il a vu le daguet, ce fut un matin de décembre, lors d'une battue aux biches dans l'enceinte des Orfosses-Mouillées. Alors il n'était plus un faon, mais un hère déjà grand qui portait deux bosses sur le front et dont le poil, ayant effacé toutes ses taches, avait déjà la nuance ardente de la bête qu'il caresse à présent.

Ce matin-là du moins, bien avant la chasse à courre d'automne, La Futaie était sûr d'avoir sauvé le hère rouge. Il surveillait Grenou, le louche et sanguinaire Grenou qu'on avait eu le tort d'engager parmi les batteurs. Du monde, oui, puisqu'il fallait du monde. Mais un Grenou, ce n'était pas du monde : une espèce d'assassin qui colletait et piégeait, qui passait des nuits à l'affût, qui étranglait ou qui empoisonnait, même plus un braconnier, un tueur. Bien lui en avait pris.

Il avait vu Grenou se jeter tout à coup dans l'enceinte, se ruer, le gourdin levé, vers une biche qui venait d'être tuée. Et aussitôt, il s'était élancé derrière lui en criant des menaces et des ordres. Il était arrivé juste à temps pour voir le hère bondir et disparaître dans le taillis. Alors seulement il avait compris ce que Grenou avait voulu faire : la joie de tuer lui salissait encore les yeux, une laideur qui faisait mal à regarder.

« Sais-tu que je t'ai déjà vu ? »

Et son émotion grandissait, il ne savait quelle tendresse trop brûlante qui lui montait des entrailles au visage.

« Plus tard quand tu auras retrouvé ta forêt… »

Et il songeait : « Notre forêt, celle où je te courrai un jour. »

Ce devait être ce violent désir, une possession qui devançait le temps : « Plus tard, quand tu seras un grand dix-cors… » Non plus le faon dans la chambre des feuilles, ni le hère qui bêlait à côté de la biche morte et que Grenou voulait assassiner, ni le daguet pantelant que la meute allait massacrer, mais un grand cerf de la forêt, le plus fort et le plus beau de tous.

Il y aurait, dans l'épaisseur des arbres, la bête vigoureuse et rusée, sa vie ardente, inquiète, tenace ; au loin, quelque part sous les arbres, il y aurait ce même corps magnifique, plus parfait encore qu'aujourd'hui, la beauté de ses lignes en mouvement, de sa couleur, de sa couronne luisante et rameuse : un secret de tous inconnu, une vie splendide cachée au cœur des bois. Mais dans la même forêt il y aurait aussi un homme. Et celui-là, seul entre tous, connaîtrait le secret de cette vie. De loin, hors des limites où ses regards pourraient atteindre, il verrait le grand cerf rouge. Il le verrait marcher, s'arrêter tout à coup, frémissant ; écouter, humer le vent de ses narines ouvertes. Avant même de le poursuivre, il l'aurait déjà rejoint, son désir l'aurait mêlé à lui, le ferait trembler avec lui, embrouiller avec lui le dédale patient de ses feintes, devancer son élan pour les longues refuites au galop. Sous le poil de la bête et dans la poitrine de l'homme, ce serait les mêmes battements du sang, la même fièvre, le même acharnement passionné.

Les mains de La Futaie frémissaient sur le cou du daguet. Il continuait de lui parler, recevant au visage le souffle humide de ses naseaux. Et il lui demandait de ne pas quitter les Orfosses quand il l'aurait libéré de sa main, de ne pas trahir leur forêt. Le temps ne comptait plus, ni la pensée des autres hommes, des autres piqueux, des veneurs, des grands chiens courants de la meute. La rumeur de la chasse à courre, des hurlements et des fanfares s'éloignait par-delà l'horizon. Pareillement s'était effacé le souvenir des autres bêtes sauvages éparpillées dans la forêt. Bêtes douces, bêtes mordantes, cerfs ou chevreuils qu'il avait forcés ou qu'il forcerait encore, sangliers réduits aux abois, il les avait tous oubliés pour le grand cerf rouge des Orfosses. Il n'y avait qu'eux seuls dans la forêt.

Ses mains, enfin, quittaient le pelage de la bête. Le daguet reculait d'une secousse. Ils se regardaient, un moment, avec des yeux un peu égarés, comme s'ils venaient, tous deux, de s'éveiller. Le vent vif du printemps bruissait dans les cimes des ormes. Ils entendaient, par-dessus le mur du parc, le crissement d'un râteau dans le sable des allées. Et soudain, par la petite route, approchaient les pas des valets qui ramenaient les chiens de l'ébat.

La Futaie refermait la porte, allait au-devant de la meute. Le daguet s'éloignait sans hâte et gagnait le fond de l'enclos pendant que les chiens passaient. Il ne daignait même plus tourner les yeux vers leur troupe bariolée. Il se contentait d'être loin, d'ignorer leur passage tumultueux, tandis que les valets les poussaient vers le chenil.

Ils avaient disparu dans une houle d'échines et de queues droites, un brouhaha de grognements et d'abois. Mais l'un d'eux avait vu La Futaie et s'était arrêté près de lui, un très jeune chien aux pattes musculeuses, aux reins fortement harpés.

L'Homme, à travers le grillage, contemplait de nouveau le cerf. À peine s'il avait remarqué la présence soudaine du chien. Mais à ses pieds un souffle rapide, un peu sifflant, lui faisait abaisser ses regards. Il murmurait, avec une amitié tranquille :

« Te voilà, mon Tapageaut. »

Pas à pas, à travers l'enclos, le daguet rouge se rapprochait, comme tiré en avant par une curiosité farouche, plus ombrageuse encore et plus rétive que tout à l'heure. Il s'arrêtait contre le grillage, devant l'Homme et devant le chien. Mais à présent c'était le chien que fixaient ses yeux dorés, vers le chien qu'il ronflait sourdement en baissant la pointe de ses dagues. Et La Futaie disait à mi-voix :

« Lui aussi, tu le reconnais donc ? »

Il se sentait presque jaloux. Il rompait brusquement, d'une voix mécontente et bourrue dont il se rudoyait lui-même :

« Allons-nous-en ! »

C'était une résolution difficile. Tapageaut le suivait à regret, se retournant comme lui vers le daguet rouge immobile, toujours debout contre le grillage.

« Viens, nous sommes fous » répétait l'Homme.

Et il caressait le jeune chien, il l'arrachait doucement à la vision qui les obsédait en lui disant comme pour l'exorciser : « Je t'emmènerai. Je t'emmènerai… »

III

LORSQUE SES BOIS ÉTAIENT TOMBÉS, IL S'ÉTAIT RÉFUGIÉ sous la cabane de ramée. Il attendait la nuit pour trotter à travers sa prison, pour manger.

C'était l'été. Il y avait maintenant huit mois qu'il était enfermé près de la maison de l'Homme. Il aurait dû, cette année-là, allonger sa seconde tête : ce furent encore deux dagues qui lui repoussèrent sur le front. Elles étaient plus massives et plus longues, mais la terrible alerte de l'automne avait tari en lui des sèves et sa tête révélait à présent les affres qu'il avait subies.

Il n'était plus, pourtant, le même daguet que l'an passé. Quand il reparut au grand jour, debout dans son enclos au soleil du midi d'été, l'ombre des feuilles bougeait sur son pelage splendide ; et dès qu'il marchait ou trottait, on aurait dit le vol d'une flamme suspendu au-dessus des herbes. La vie qui évoluait en lui était plus forte que toute tristesse, son bouillonnement effaçait les souvenirs. Il mangeait avec avidité se couchait et ruminait à l'ombre, en secouant ses oreilles pour chasser les mouches importunes. Les hommes ou les chiens qui passaient ne troublaient pas ses siestes diurnes. Il aurait engraissé comme un bœuf s'il n'avait été saisi, fréquemment, par des accès d'une impétuosité folle où la bête libre et sauvage réapparaissait tout à coup. Alors il se mettait à galoper et à bondir, faisant voler sous ses sabots la terre poudreuse et les mottes d'herbe. Mais en ces instants mêmes, chaque fois que sa course ou ses bonds venaient buter contre le grillage, il n'encensait plus de colère ; il pivotait seulement avec une souplesse légère, une vivacité presque joueuse, et poursuivait sa ronde fantasque entre les mailles de sa prison.

Les mois d'été passèrent ainsi, sans que rien eût jamais permis de découvrir dans son aspect, ses regards, son attitude, la nostalgie des bêtes captives. Prisonnier, il n'en était pas moins un bel animal vigoureux : que la montée de sa jeune force emplissait d'une joie élémentaire, la plus constante et la plus capiteuse de toutes : celle de se sentir vivant. Par les tièdes soirées du mois d'août, il lui arrivait souvent de rester debout sous les arbres, presque immobile, et de regarder sans fin la lumière dorée du couchant qui s'attardait au bas du ciel. C'était juste au-dessus de la petite maison de l'Homme qu'elle était le plus limpide. Il ne pouvait pas voir, de son enclos, un étang qui dormait au creux de la plaine cultivée : les toits de tuiles de la maison et du chenil le dissimulaient à ses yeux. Mais par-delà, presque au ras des toits, une ligne bleue s'étirait tout le long de l'horizon : et c'était la lisière de la grande forêt natale, la vraie forêt dense et profonde que baignait le soleil couchant.

Certains soirs, du côté opposé, vers la pelouse et le château, une musique inconnue, d'une légèreté fluide et caressante, frémissait dans l'air transparent. Alors le Rouge se détournait de la forêt et regardait, de ses grands yeux rêveurs et doux, la façade que touchait le soleil, les fenêtres ouvertes d'où ruisselait la source musicale. Mais pas plus qu'en fixant la lisière bleue de la forêt ses prunelles élargies ne s'embrumaient de tristesse ou d'angoisse ; elles ne reflétaient rien qu'un émerveillement ingénu, une espèce d'extase stupéfiée qui lui faisait pencher un peu la tête, tendre le cou comme une bête altérée. Et puis, soudain, il se remettait à trotter, à tourner entre les parois de son parc avec une grâce bondissante et légère.

Les dimanches, des curieux venaient : ce cerf captif était une attraction. Ils approchaient, guidés par les valets, tendaient des friandises à travers les trous du grillage. Le Rouge les acceptait toutes, croquait une pomme, un pain mollet. Les voix ni les rires des badauds n'offusquaient sa condescendance. Des pièces glissaient dans les mains des valets. Quelquefois une femme enhardie, insinuant son poignet dans une maille de la clôture, essayait de caresser au vol le mufle sombre du daguet. Lui, devant cette main nue reculait la tête en soufflant : et des rires fusaient sous les arbres, si forts que les valets se retournaient vers la maison de l'Homme avec des mines apeurées et cafardes. Mais La Futaie ne venait jamais ces jours-là.

Il y eut un dimanche de septembre où l'un des badauds habituels amena toute une compagnie. C'était un petit gros à moustaches, avec des joues en pivoines épanouies, un menton à fossette qui rejoignait par une double volute la tendre épaisseur de son cou. Comme à ses précédentes visites il avait apporté des pommes. Mais cette fois, devant l'honorable assistance il entreprit de badiner. Appelant le cerf comme un chaton, il arrondit la bouche et fit des lèvres un bruit de baiser. Le Rouge vit la pomme qu'une main lui offrait de loin, s'approcha, tendit le mufle pour la cueillir. Mais la main qui présentait la pomme se retira prestement devant lui, et ses dents vinrent cogner contre un trousseau de clés que l'autre main du personnage substituait au fruit succulent.

Le bruit des rires faisait se rengorger le petit homme. Ce fut bien autre chose quand le cerf se cabra tout droit, en battant l'air de ses sabots qui venaient érafler le grillage.

« Il fait le beau ! »

« C'est un cerf savant ! »

Et le triomphateur s'appuyait contre la clôture, recommençait son susurrement des lèvres, tendait sa pomme avec un sourire engageant. Mais son sourire fit place, tout à coup, à une grimace de souffrance. Il cria un juron, une injure, frottant son bras d'un air maintenant furieux : le Rouge, d'un coup de pied, venait de l'atteindre au poignet ; une longue ecchymose, qui se tuméfiait déjà, marquait la trace de son dur sabot. Et l'homme continuait à frictionner son bras meurtri, parlant sans fin d'une petite voix geignarde :

« Ça enfle, ça enfle... Avez-vous vu cette brute, ce sournois ? Sans le grillage, il me cassait le bras. »

Quand l'incident parvint aux oreilles de La Futaie, il décréta d'un premier mouvement : « C'est bien fait ». Mais il resta préoccupé ; et, dans les journées qui suivirent, il observa le daguet rouge. Sa décision fut bientôt prise : il fallait maintenant le lâcher.

Depuis longtemps, cette pensée-là était au fond de lui. Mais il n'avait pas su compter avec l'amitié grandissante qui jour à jour l'avait lié à cette bête. Et plus tard, l'amitié venue, il avait oublié ses résolutions premières, il s'était abandonné au violent désir égoïste qui lui venait du cerf emprisonné. Passionné de son métier, il n'était rien moins qu'habitué à méditer sur ses sentiments profonds. Simplement, à mesure que le temps passait, il avait cédé davantage à l'attrait d'une possession secrète ; il s'était dangereusement complu à des rêveries absurdes et toutes-puissantes dont il avait maintenant un peu honte. Aujourd'hui, c'en était assez, La Futaie secouait l'envoûtement.

Et c'est pourquoi, observant le daguet, il avait cessé de le voir à travers la chaude buée de son rêve. Il avait vu dans sa réalité vivante : nerveux, inquiet tourmenté par le sang d'automne. Et il s'était enfin résolu à le rendre à la forêt.

Cela lui était dur, bien plus encore qu'il ne s'y était attendu. La nuit, cette échéance qu'il s'était fixée à lui-même le tenait des heures éveillé. Pour la première fois de sa vie, il songeait à des choses mystérieuses obsédantes ; il méditait sur son propre destin avec une lucidité nouvelle qui lui était malaise et fardeau.

Il se disait que le daguet avait tiré de lui une vengeance longuement mûrie ; qu'en le sauvant des chiens pour l'enfermer dans un enclos de fer, lui aussi, La Futaie, avait perdu sa liberté. Pendant des années d'insouciance, il avait éprouvé, à courre les bêtes de la forêt, de grandes joies simples et fortes. Il n'en demandait pas davantage. S'il lui arrivait par hasard de faire un retour sur sa vie, c'était juste le temps de souhaiter que sa vigueur ne déclinât point, et qu'il lui fut ainsi donné de retrouver dans les jours à venir les mêmes joies claires et violentes.

G. Rebottaro

Et voici que ce cerf était venu le tourmenter. Sans le savoir, depuis qu'il chassait par les bois il avait dû rêver de lui, obscurément attendre qu'il parût : celui-là même, ce beau daguet rouge, avec ses lignes longues et parfaites, la tiédeur moite de son museau, la tendre sauvagerie de ses yeux. Et un jour il avait été là, dans sa présence quotidienne et vivante, seul entre toutes les bêtes des bois, mais en lui toutes les bêtes ensemble, celles que La Futaie avait tuées et celles qu'il tuerait encore. Maintenant seulement, à l'instant de renoncer à lui, La Futaie savait à quel point il aimait le grand daguet rouge. Qu'il disparût, quelque chose manquerait dans son cœur : il y songeait pour en souffrir d'avance, il voyait se lever en lui l'image d'un hallier dépeuplé. C'était cela, sans doute, la longue vengeance des bêtes de la forêt. Elles aussi, elles avaient dû attendre leur heure, le moment où un homme plein de force commence à se sentir moins jeune, à s'incliner vers son passé, à prévoir déjà sa vieillesse. Et elles avaient alors envoyé le daguet messager, simplement pour qu'il se fît aimer, comme une bête, une douce bête entre toutes les bêtes.

La première fois que vint le maître, il lui parla comme on se jette à l'eau :

— Monsieur, il faut lâcher le cerf.

— Et pourquoi ? demanda le maître.

— Parce qu'il devient méchant. Hier encore, quand le petit valet est allé lui porter son manger, sa ruade l'a manqué de bien près. Et maintenant Sautaubois a peur, il ne veut plus entrer dans l'enclos.

— Mais vous, La Futaie ? dit le maître.

Le piqueux eut un lointain sourire, attendit un moment sans rien dire. Enfin, en relevant les yeux :

— Monsieur, il faut lâcher le cerf.

— Non, dit le maître. Je ne veux pas.

La Futaie hocha la tête, s'en alla sans parler davantage. Au fond de lui, quoi qu'il en eût, il se sentait content, apaisé : si le petit valet n'osait plus entrer dans l'enclos, il y entrerait à sa place ; il pensait qu'il n'avait rien à craindre des sabots du daguet rouge. Et quand bien même : malgré la quarantaine proche, il était plus agile que Sautaubois.

Deux jours passèrent. Chaque matin et chaque soir, il entrait dans le parc du daguet. La bête, d'abord, le laissait approcher. Mais, dès qu'il n'était plus qu'à deux ou trois pas de sa tête, elle se mettait à reculer et maintenait la distance qui les séparait encore. Elle reculait sans précipitation, tranquillement, obstinément. C'était en vain, maintenant, que La Futaie élevait sa voix, la faisait tour à tour plus douce et plus impérieuse : le cerf refusait la rencontre, se dérobait à sa main tendue avec la même patience têtue. À chaque pas en avant répondait un pas en arrière, mesuré sur le pas de l'Homme. Le Rouge tenait son front un peu baissé, regardant à peine La Futaie, le surveillant seulement de coups d'œil obliques et rapides : et ses prunelles étaient plus sombres, comme dépolies, sans transparences ni reflets.

Le chef piqueux retourna voir le maître. Et cette fois-là, comme il lui demandait s'il avait peur, décidément, du daguet rouge, il répudia tout amour-propre et répondit qu'il avait peur de lui.

— À ce point ? demanda le maître.

Il savait que son piqueux était brave. Cette insistance et cette réponse lui donnaient à réfléchir.

— Monsieur, dit La Futaie, nous voici au mois d'octobre. Le Rouge n'a qu'une tête de daguet, mais c'est un cerf ; plus cerf, je pense, que bien des secondes têtes. S'il y avait, au moins, une biche enfermée avec lui…

— Dangereux, vraiment ? dit le maître à mi-voix. Plus qu'interrogateur, le ton restait surpris, sceptique, au bord d'une blessante ironie. Il dit pourtant :

« Allons le voir. »

Quand ils furent devant l'enclos, leurs regards s'attachèrent longtemps aux allées et venues de la bête. Elle marchait d'un grillage à l'autre, du même pas long et régulier. On eût dit une promenade paisible, n'eût été justement la régularité de cette ronde, menée sans trêve entre les bornes de sa prison. À la longue, ce train monotone, ce même circuit cent fois recommencé donnaient une impression de malaise et d'inquiétude.

— Oui, dit enfin le maître. Il est tourmenté par son rut. Mais nous pouvons encore attendre. Jusqu'à lundi… Après, nous verrons.

Il songeait à l'arrivée imminente de sa jeune femme : dès le dimanche elle serait au château pour les premières chasses d'automne. Il désirait qu'elle revît le daguet, le gracieux animal de naguère, dans sa beauté inattendue, mâle et farouche.

— Attendre… murmura La Futaie.

— Jusqu'à lundi, répéta le maître.

Mais son accent avait changé. À présent il interrogeait presque ; et son regard, dans celui du piqueux, cherchait comme une approbation.

Ni l'un ni l'autre des deux hommes, en effet, n'avaient pu se méprendre à l'attitude du daguet rouge. Le cerf était en proie à une force qui le dépassait, le dominait inexorablement. Désormais ravi à lui-même, il n'était plus qu'aveugle obéissance aux ordres de cette force sauvage. C'était elle qui inscrivait ses pas dans la même ronde monotone et sans fin ; elle qui faisait courir, le long du poil blanc de son ventre, la palpitation frémissante qu'avait surprise le regard des hommes.

Le lundi n'était guère éloigné. Le terme, désormais fixé, plaçait enfin le chef piqueux devant une échéance précise : cela le libérait de ses scrupules, de son tourment. Pendant les journées qui suivirent, il entra joyeusement dans l'enclos. Le sentiment de sa liberté recouvrée lui redonnait sur le daguet un ascendant qu'il mesurait à plein : il l'exerçait avec une assurance allègre, comme un sport légèrement dangereux, à quoi ce faible risque ajoutait un piment de plaisir.

Il marchait vers le Rouge en tenant ses regards sur lui, en surveillant son front, ses jambes, et davantage ses yeux obliques. Il se plaçait toujours de manière à lui faire face. Il jetait rapidement devant lui le fourrage et les légumes. Et, cela fait, il pouvait s'en aller. Mais il cédait encore au désir de rester un peu, s'accordait un moment de répit. Et il parlait au cerf avec une bonhomie cordiale, indulgente, à peine teintée de mélancolie.

« Alors, vieux, on va se quitter ? Lundi, je t'ouvrirai la porte. Lundi sans faute, c'est une promesse de La Futaie. Parce que... écoute-moi un peu : si l'on voulait te garder encore, je viendrais à la nuit et je te lâcherais quand même ; je trahirais pour toi ma consigne, je ferais ça, je te dois ça.

Tu partiras vers la forêt, les étangs, les Orfosses-Mouillées ; tu retrouveras les biches de ta harde. Hé là ! petit… Arrière un peu… Encore un peu… »

Il se dressait de toute sa taille, en voyant que le Rouge le tournait sournoisement par le flanc. Il ramassait sur l'aire des brindilles de bois sec, les lui jetait roidement au mufle : et il riait, à cause des grands yeux troubles que la colère faisait enfin briller, tandis que le Rouge, malgré tout, reculait devant son audace d'homme.

« Là, c'est bien. Là, là, ne bouge plus… Tu partiras libre comme l'air, tout nu, sans marque dégradante. Qui voudrait te couper l'oreille ? Dans dix ans, je te reconnaîtrais… »

Avant de le quitter, il l'enveloppait encore d'un long regard. Il continuait de lui faire face en reculant pas à pas vers la porte. Pour l'ouvrir, il tâtonnait derrière son dos, l'entrebâillait doucement, peu à peu, se glissait d'un saut au-dehors et la rabattait d'une secousse. Le daguet chargeait toujours trop tard ; sa ruade faisait voler la terre à travers les mailles du grillage ; et La Futaie se remettait à rire, heureux de sentir dans son corps la même agilité robuste qu'au temps où il avait vingt ans.

Le samedi, avant-veille du jour que le maître avait fixé, le Rouge lui parut bien plus calme. C'était la première fois, de toute cette semaine finissante, qu'il le voyait couché près de la cabane de ramée. Après une journée de soleil, le temps avait brusquement fraîchi. Le ciel demeurait limpide, l'étoile du soir y brillait déjà ; mais une brume fine, nuancée de vert et de lilas, s'élevait des creux de la plaine.

La Futaie entra dans l'enclos, les bras chargés par la provende qu'il apportait comme chaque soir. Au moment juste où il venait d'entrer, il lui sembla entendre au lointain de la forêt le raire assourdi d'un dix-cors. Il s'arrêta pour écouter sans songer à refermer la porte, avança inconsciemment d'un pas, d'un autre pas, cherchant à repérer l'endroit où le raire avait retenti.

Il se tenait alors à demi tourné vers la gauche, du côté de la lointaine forêt. Le raire trembla de nouveau : ce devait être vers les Cercœurs ; peut-être au-delà encore, vers Cropechat ou le Haut-de-Mille-Lièvres. Pendant deux ou trois secondes, La Futaie avait oublié la présence du daguet rouge. Un bruit de galop sur sa droite le fit sursauter violemment. Il comprit, voulut tout à la fois faire face et se jeter vers la porte entrouverte. À peine eut-il le temps de voir, dans son déboulé foudroyant, le grand corps fauve qui fondait sur lui. Il eut conscience qu'un long cri d'appel jaillissait de sa poitrine, et en même temps il sentit à la jambe un coup terrible, d'où irradia presque instantanément une douleur intolérable.

Quand les valets, alertés par son cri, arrivèrent à l'enclos du Rouge, ils trouvèrent le piqueux étendu, n'ayant point perdu connaissance, mais le visage décomposé par l'excès de sa souffrance. Il leur montra sa jambe brisée, voulut parler, mais la voix lui manqua. Les valets l'emportèrent, les yeux clos. Comme ils arrivaient au chenil, un brame monta de la plaine proche, un autre cri puissant et farouche qui vibrait longuement dans le soir et s'éloignait vers la forêt.

IV

L A LUNE APPARUT DANS LE CIEL AVANT QU'IL EÛT ATTEINT les arbres. Sa lueur blonde se leva derrière lui et coula lentement sur la plaine. Il entra dans la nappe de brume qui flottait au-dessus de l'étang : elle était toute blanche à présent, d'une pâleur froide et pure qui semblait attirer à elle la clarté de la lune montante. Il allait d'un trot allongé, la tête haute. Le vent de nuit ne s'était pas levé. L'air était calme, tout l'espace silencieux. Il n'entendait que le bruit régulier de ses sabots heurtant la terre.

Douce terre des champs labourés, moiteur grasse des sillons ouverts : l'odeur de terre que soulevaient ses foulées lui entrait loin dans les naseaux. Il traversa la pointe de la jonchère, et ce fut le bruissement des hautes tiges, leur glissement frais le long de ses jambes, bientôt l'odeur de l'eau dormante, son clapotis sous ses sabots. La brume s'accrochait à la pointe des joncs. Elle s'entrouvrit à son côté, dégagea tout entière la surface libre de l'étang : et ce fut alors, sur son flanc, une grande clarté paisiblement étale, une lumière de ciel sur la terre. Tout cela senti, respiré, entrevu au fil de sa course. Et sa course même était joie, une chaleur de mouvement qui coulait à travers son corps, qui plongeait sans cesse en avant dans la fraîche et profonde nuit.

Il remonta et sortit de la brume. La lune, plus haute et plus blanche, faisait courir son ombre devant lui. Quelques foulées encore, et ses naseaux humèrent l'odeur de la forêt, ses pieds foulèrent les premières broussailles, une touffe d'ajoncs lui piqua les genoux. Son corps chaud, soulevé en avant par le même trot amplement balancé, plongea dans l'épaisseur des arbres. Et les branches le touchèrent au passage, une longue et longue caresse de feuilles parmi les glissantes taches de lune.

Il ne connaissait pas les parages de la forêt où il venait de pénétrer. Mais sa course n'y hésitait point, allait tout droit sous le couvert, traversait les taillis, les futaies, dévalait de longues pentes au sol doux, franchissait des allées qu'agrandissait le clair de lune, puis remontait au flanc des combes et de nouveau perçait dans l'épaisseur des taillis broussailleux. Aux Cercœurs, il entendit le raire lointain de l'autre mâle. Il releva un peu la tête, sans s'arrêter, et jeta son brame dans la nuit.

Une pineraie, tout à coup, alourdit sur lui ses ténèbres. Le sol feutré d'aiguilles assourdissait le battement de ses pas. Un autre battement, plus profond, martela l'élan de sa course : et il sentit au fond de sa poitrine les chocs appuyés de son cœur.

Il sortit de la noire pineraie, vit devant lui les premiers hêtres. Ce n'était pas encore ceux des Orfosses, mais il les reconnaissait. La clarté de la lune frangeait leurs fûts du même côté. C'était bien les mêmes beaux arbres, puissants et sveltes, dont l'écorce lisse et mouillée luisait un peu sur le bord de sa courbe. Certains restaient dans la pénombre, se fondaient tout entiers dans la pâleur vague de la nuit ;

mais la plupart en émergeaient, à la fois plus obscurs et plus clairs, lisérés de ce fil bleuâtre qui paraissait ruisseler de leurs branches et couler le long de leur flanc.

Au carrefour de la Bouverie, d'un seul coup, il reconnut les chemins et les arbres, la montée de l'allée qui grimpait vers les Mardelles, le moutonnement des petits rouvres que dominait la cime du Chêne-Rond, les brandes rugueuses, les hautes fougères aux palmes étalées. Il s'arrêta au bord du carrefour, leva le mufle en renversant la tête ; et de nouveau, à pleine poitrine, il poussa vers la lune un brame interminable qui fit trembler au loin la nuit.

L'autre mâle aussitôt répondit, beaucoup plus près que tout à l'heure. Lui aussi, à travers la forêt, devait trotter vers les Orfosses. Le Rouge reprit sa course, bondissant sur l'allée des Mardelles. Son cœur battait maintenant avec une violence tumultueuse, le sang poussait sa houle dans sa chair en longues vagues qui le brûlaient. Sous les rouvres, il dut s'arrêter : la fièvre qui montait en lui l'oppressait par moments si fort que ses jambes se mettaient à trembler et que ses regards se brouillaient. Alors il respirait longuement et se remettait à bramer, poussant sa voix avec une fureur douloureuse, comme si la force de son cri eût pu entraîner hors de lui ce poids de sang qui l'étouffait. L'autre brame lui répondait toujours. Le mâle qui courait dans les bois demeurait encore invisible ; mais sa course, à travers la Bou-verie, les Mardelles ou le Chêne-Rond, doublait de près celle du Rouge et descendait vers les Orfosses-Mouillées. Tous deux devaient trotter presque parallèlement, suivant la même route et répondant au même appel qui passait dans le vent de la nuit. Il venait de se lever : une brise d'ouest égale et lente, dont l'haleine était froide et pourtant toute chargée d'odeurs tièdes. C'était la grande fermentation d'automne, les volves qui crevaient en soulevant l'humus et les feuilles, une saveur de miel qui flottait autour d'une linaire, le der-nier bouillonnement, dans les racines des arbres et dans les chevelis de l'herbe, des sèves qui vont bientôt tarir.

Les deux mâles, à présent, allaient trottant à si peu de distance que chacun d'eux pouvait entendre le bruit de la course de l'autre. Mais ils n'essayaient point de se rapprocher davantage. Ils continuaient d'aller l'un et l'autre, s'arrêtant presque ensemble et repartant bientôt du même trot. Ni l'un ni l'autre ne bramait plus qu'à de très rares intervalles. Autour d'eux, la nuit lunaire se taisait à l'infini. Toutes les fois qu'ils s'arrêtaient, le silence devenait si profond que la seule chute d'un gland, rebondissant de branche en branche, retentissait longuement dans l'immobile pureté de l'air.

Et tout à coup, droit devant eux, très loin, ce fut la voix d'un troisième mâle, puis une autre et encore une autre. Ils traversèrent une dernière allée, entrèrent ensemble dans l'enceinte des Orfosses. C'était maintenant la haute futaie, l'élan des grands fuseaux de hêtres qui jaillissaient de la même souche, une colonnade profonde, traversée de rayons et de souffles. Le Rouge, parfois, voyait passer entre les arbres la silhouette glissante de l'animal qui l'accompagnait : un cerf aux lignes sèches et déliées, très grand, très sombre de pelage, évidemment un vieux mâle redoutable, aux bois semés d'andouillers nombreux. Un moment, dans une flaque de lune, il apparut en pleine clarté, et le Rouge le reconnut : c'était le cerf Pèlerin, le voyageur des nuits d'octobre, qui cette année encore, à travers des lieues de pays, revenait vers les étangs où l'attendaient les biches des Orfosses. La peur courut sous les poils du daguet. Mais le Pèlerin suivait sa route comme s'il eût été seul sous les hêtres et, quand il bramait dans sa course, il tendait le mufle droit devant, du côté où les autres mâles criaient là-bas près des étangs.

Et longtemps ils allèrent ainsi, jusqu'au moment où la grande futaie espaça autour d'eux ses arbres, où la face de la lune, réapparue entre les cimes, les atteignit de sa libre lumière comme d'un regard qui les eût attendus. Alors, une dernière fois, ils s'arrêtèrent à dix pas l'un de l'autre et prirent le vent de la clairière.

Le Rouge, ainsi que le Pèlerin, s'était raidi sur ses longues jambes, tous les muscles tendus, le cou oblique, les naseaux juste au bord de l'ombre. Au-dessus d'eux, les derniers arbres de la lisière dessinaient en plein ciel leurs silhouettes noires et précises. Il y avait un grand pin sylvestre dont les branches inclinaient leur courbe, et chaque aiguille était distincte à la pointe de chaque branche immobile. À peine plus loin, la forme d'un bouleau déjà se fondait à demi dans la transparence de la nuit ; elle semblait elle-même translucide, et pourtant son épaisseur feuillue se détachait nettement sur le ciel : un arbre bleu de lune, sans attaches avec la terre, qui paraissait flotter comme un îlot de rêve sur la brume pâle des étangs.

Car la brume avait réapparu. Elle couvrait la pelouse et les joncs de sa blancheur vaporeuse et légère. Elle était comme un voile immense sans épaisseur, qui épousait les moindres inflexions du sol et que le clair de lune encore imprégnait de sa dormante lumière.

Le Rouge et le Pèlerin regardaient la nuit devant eux, les arbres bleus, la brume blanche, et plus loin, à travers la brume, un miroir d'eau fluidement étalé, un écran d'une pureté de ciel où le vaste reflet du ciel exaltait encore sa clarté. Debout dans l'ombre, ils sentaient leur mutuelle présence. Le Rouge, depuis longtemps, n'avait plus peur du grand cerf voyageur c'était comme si leur course dans la nuit avait jeté de l'un à l'autre les liens d'une obscure amitié. Tous accouraient de très loin, le Pèlerin du pays mystérieux où se cachait sa vie solitaire, le Rouge de plus loin encore, des profondeurs d'un pays plus sombre. Et maintenant ils étaient arrivés. Ils

regardaient la clairière lumineuse, le miroir calme de l'étang. Et leurs regards, déjà, s'étaient fixés sur le même point de l'étendue, de petites taches presque immobiles que pourtant l'on sentait vivantes : car elles venaient de se lever au-dessus de la nappe de brume, elles grandissaient sur l'écran de l'eau. Les deux bêtes aux aguets voyaient maintenant des échines qui bougeaient, des cous dressés, des fronts rameux. La nuit, depuis un long moment, avait recouvré son silence. On pouvait entendre à présent, une à une, les feuilles du bouleau qui se détachaient de ses branches. Les deux mâles, toujours debout et tendus à la lisière, respiraient profondément, et leur souffle émouvait la nuit.

Tous deux songeaient à des combats dont la violence les enfiévrait ensemble, mais où chacun avait déjà choisi l'adversaire qu'il allait défier. Le Pèlerin se souvenait des vieux dix-cors de la harde, et ses yeux fixés devant lui cherchaient à reconnaître leurs grands bois aux larges couronnes. Le Rouge ne savait pas encore ; et pourtant son désir de bataille, entre tous les cerfs des Orfosses, appelait un rival qui fût de tous le plus redouté, une bête puissante, au corps massif, aux andouillers durs et sournois. Des souvenirs s'éveillaient dans sa chair, la pesée rugueuse d'une épaule qui le bousculait lourdement, la douleur d'une pointe qui venait lui meurtrir le flanc ; et sa fureur montait à gros bouillons, lui poussait dans la gorge un brame qu'il ne refrénait déjà plus.

Ce fut lui qui réa le premier : d'abord un meuglement très bas, presque indistinct, qui s'éleva en un long mugissement, de plus en plus fort et strident, pour se briser soudain et laisser au lointain de l'espace trembler l'écho de sa clameur. Presque aussitôt le Pèlerin brama, d'une voix plus formidable encore. Et les autres, là-bas, tout noirs au-dessus de la brume, répondirent à leur défi.

L'instant d'après, le Rouge trottait sur la pelouse, bondissant au-devant de la harde. Les mâles s'en étaient détachés, lui faisaient front. Il s'arrêta, criant encore, labourant la terre du sabot, donnant des dagues dans les mottes d'herbe. Quand il releva la tête, il vit le groupe des biches serrées les unes contre les autres, au bord de l'eau. Elles se tenaient en plein dans la lumière du clair de lune, des coulées argentées ondulaient sur leurs échines. Le Rouge reconnut la tache blanche qui marquait l'une d'elles à la gorge, le cou flexible de la Longue, les jambes frémissantes de l'Aile. Et il se rua, la tête basse, contre le premier mâle qui se portait à sa rencontre.

Leurs fronts s'entrechoquèrent durement, avec un bruit aussi retentissant que le heurt d'un marteau sur une planche. Au même instant, le Pèlerin chargeait aussi, affrontait l'Épi-Noir dans un craquement de ramures emmêlées. Si furieux venait d'être l'élan des deux voyageurs que chacun de leurs adversaires avait fléchi au premier choc. Le Rouge, un instant dégagé, reprit souffle pour une nouvelle attaque. Devant lui, l'autre cerf grattait le sol en meuglant sourdement.

Il faisait face au clair de lune, et le Rouge reconnut le Brèche-Pied, son compagnon des folles nuits de printemps, si grand maintenant, la tête sommée de bois fourchus. Une déception glissa dans sa poitrine : ce n'était pas là l'ennemi dont il avait espéré la rencontre. Mais le besoin physique de vaincre, la vue des biches à quelques pas, la joie même d'être où il était, sur la pelouse des Orfosses-Mouillées, parmi les bêtes de la harde natale, celle de se mesurer avec son ancien camarade, vrais cerfs tous deux et non plus verdets, emportèrent son regret dans une recrue de sauvage ardeur. Et il s'élança de nouveau, à pleine force, soulevé par une fougue délirante où l'ivresse de sa liberté ne faisait plus qu'un désormais avec la fièvre de son rut.

Pendant quinze jours, il tint la muse près des étangs. L'Aile s'était écartée avec lui ; le Brèche-Pied, vaincu à deux reprises, n'osait plus se rapprocher d'eux. Avant la fin de la semaine, il était las de la jeune biche dont les caresses l'importunaient. Couché dans les fougères, c'était à peine s'il la regardait encore, fidèlement allongée près de lui, tournant vers lui sans cesse ses beaux yeux tendres et doux.

Un soir, il la quitta et revint vers la pelouse. Son humeur belliqueuse, depuis quelques jours assoupie, s'était à la fin réveillée. Le brame guerrier du Pèlerin, répercuté par les échos des combes, l'avait brusquement mis debout. De toutes les nuits passées, le grand cerf noir n'avait guère cessé de se battre. Autant que l'accointance des femelles, ce qu'il quêtait à travers les Orfosses, c'était les bagarres sans merci, la brutalité des assauts avant la poursuite de la biche, sa soumission fuyante et le ploiement frissonnant de ses reins. Après des nuits de paresse amoureuse, le Rouge, soudain, dans la véhémence tumultueuse d'un soir plein de nuages et de vent, avait compris l'appel du Pèlerin. C'était tout à la fois comme une invite et un reproche, l'évocation de leur course nocturne, de leur élan simultané contre les mâles des Orfosses, la voix même de la fièvre farouche qui les avait brûlés ensemble et dont le Pèlerin seul continuait d'être possédé.

Debout enfin, trottant vers la pelouse, le Rouge sentait renaître dans sa gorge le mugissement rauque au défi. Il suivit la lisière en criant, courut à la voix du Pèlerin, le vit affronter un dix-cors qu'il malmenait avec acharnement. Le Rouge s'approcha d'eux, reconnut la Tête-Rouée dans l'adversaire du cerf noir. À peine s'il regarda, au passage, la biche debout dans les fougères. Il était déjà reparti, il suivait la lisière des Orfosses, criant toujours et cherchant un rival. Enfin, vers le haut de l'étang, un brame répondit à ses cris. Sa joie flamba, il bondit en avant. L'autre cerf était grand et lourd. Quand il le vit émerger de l'ombre, il crut avoir trouvé celui que cherchait sa colère. Mais au moment où il le chargeait, la même déception que naguère vint traverser comme une nuée de cendres le grand flamboiement de sa joie : ce n'était pas le Vieux des Orfosses.

L'Oreille-Coupée n'en souffrit pas moins la blessure aiguë de ses dagues. Quand il l'eut meurtri et chassé, il connut la Biche-Longue et demeura quelques jours auprès d'elle. Mais vint un autre soir, où les rafales enragées du vent d'ouest soufflaient encore à travers le ciel, où de grandes nuées flagellées galopaient à la cime des arbres. Son inquiétude le reprit, et il quitta la Biche-Longue ainsi qu'il avait quitté l'Aile. Les branches craquaient aux hurlements du vent. La clameur des mâles s'était tue, le Pèlerin même avait cessé de raire. Le Rouge entra dans la futaie, cherchant toujours le vieux cerf invisible.

Maintenant que la fièvre du rut ne battait plus dans ses artères, il savait mieux pourquoi il le cherchait. Au cours de la dernière nuit, il avait vu passer tout près l'Oreille-Coupée et le Brèche-Pied sans que la jalousie le fît bouger de sa reposée. Et voici que pourtant il courait de nouveau dans la nuit, anxieux de se battre encore, les muscles chauds et comme tuméfiés par une violence mauvaise qui exigeait de se déchaîner. Pendant des heures, infatigable, il battit la futaie et fourragea dans les taillis. Mais les Orfosses étaient assez vastes pour dérober à toute recherche un vieux mâle habilement recelé. Le soir même où le Rouge, en même temps que le cerf Pèlerin, était arrivé aux étangs, le Vieux avait quitté le rut et pris secrètement son buisson.

Vers la mi-nuit, comme le grand daguet touchait la lisière des Mardelles et débouchait sur l'allée montante, une déchirure des nuages laissa couler sur la pâleur du sable une vague traînée de lumière. Et, dans cette éclaircie rapide, le Rouge vit une ombre muette, fantomatique, qui franchissait l'allée et s'enfonçait dans les Mardelles. Il se mit à courir sur sa trace, et bientôt l'aperçut de nouveau qui s'éloignait entre les arbres. Elle s'effaçait et reparaissait tour à tour, selon que les nuages et le vent obscurcissaient ou dégageaient le ciel. Le Rouge força son allure, la gagna peu à peu de vitesse. Et, quand il fut enfin près d'elle, il reconnut le Pèlerin solitaire, qui abandonnait les Orfosses et repartait sur ses routes nocturnes.

Sans oser l'approcher davantage, le Rouge le suivit au travers de la forêt. Le grand cerf noir était sous le vent ; chaque sursaut de la bourrasque devait lui apporter l'odeur de son jeune compagnon. Il le savait donc derrière lui ; mais, sans se retourner jamais, il continuait d'aller du même trot long et régulier. Et le Rouge le suivait toujours, se sentant désormais accepté, heureux de cette course sans fin qui l'entraînait vers l'inconnu.

Comme le soir de leur arrivée, ils traversèrent toutes les Mardelles, puis la Bouverie, puis les Cercœurs. Le Rouge maintenait sa distance. Une paix étrange se faisait dans son corps, une sorte d'oubli merveilleux qui l'emportait dans la nuit sans rives, du côté même où le vol des nuages s'échevelait par-dessus l'horizon. Pourtant, quand le Pèlerin eut dépassé la butte des Cercœurs, il aperçut en avant d'eux une plaine où brillait un étang. Plus loin, aux confins de la plaine, il devina plutôt qu'il ne les vit la masse sombre et carrée d'un grand parc, et les toits d'un château qui luisaient faiblement sous la nue. Mais tout cela s'évanouissait déjà dans l'obscurité de la plaine ; mais déjà le Pèlerin perçait plus loin, encore plus loin, replongeait sous les arbres par les taillis de la Cour-Dieu.

Ils traversèrent le Haut-de-Mille-Lièvres, le Loup-Pendu, le bois des Armes, l'Oisellerie et la Cheminée-Verte. C'étaient toujours, au-dessus d'eux, les mêmes craquements de branches arrachées. Le Rouge allait sur la route inconnue, ne quittant point des yeux, devant lui, la silhouette noire, les longues jambes sèches du Pèlerin. Ses genoux commençaient à trembler, ses talons devenaient douloureux ; mais il courait derrière le grand cerf, ne voyant rien que ce sombre corps en mouvement, ne sentant rien que la fraîcheur et la poussée du vent sur sa croupe.

Deux heures avant la pointe de l'aube, la nuit devint plus obscure et la bourrasque faiblit un peu. Ils passèrent la Fontaine-Pierrée, la charmeraie des Écossoires, les grands ormes de Toulifaut. Et le Pèlerin sortit de la forêt, trotta plus vite encore à travers les guérets de la plaine, franchit à gué deux ou trois rus en tirant de l'encolure, la rivière des Alleux en trottant sur le Pont-aux-Chiens. Et il entra dans la forêt de Fauboulois.

Le Rouge courait, le poil en sueur, envahi par une hypnose qui supprimait le poids de son corps, gardait à ses foulées le même rythme rapide et long, les soulevait et les liait à la fois dans un constant et miraculeux équilibre. Cette nuit, cette course semblaient ne devoir point finir. La bête qui courait en avant n'était plus une bête réelle, le Pèlerin aux jambes sèches et dures, au noir pelage, mais une bête de la nuit, une forme d'ombre qui fuyait vers le jour et que la première lueur de l'aube dissiperait dans la blancheur du ciel. Peu à peu, la nuit pâlissait. Des arbres surgissaient tout à coup, bien réels, avec des bosses de mousse sur leur écorce, des guirlandes de lierre dont les feuilles luisaient çà et là. Les nuages glissaient à travers leurs branches, couraient comme des fumées roussâtres sur un ciel blême et sans fond. Et la bête d'ombre qui trottait en avant, au lieu de s'évanouir dans la clarté croissante du jour, redevenait une bête vivante, un grand cerf maigre, presque efflanqué, le Pèlerin au poil sombre, à la ramure massive et brillante.

Le Rouge, accablé de fatigue, osa enfin se rapprocher de lui. Tous deux soufflaient presque côte à côte. Leur trot, maintenant, bronchait sur des nœuds de racines; et leurs échines fumaient dans le froid pénétrant de l'aube. Il faisait tout à fait jour quand ils sortirent de Fauboulois. Devant eux, juste à l'orée des arbres, une rivière coulait dans un lit aux bords tranchés vifs, une rivière aux eaux rapides, couleur d'étain. Le Pèlerin en gagna la berge, la longea quelque temps en regardant les remous du courant. Pas une seule fois, de toute la nuit, il ne s'était retourné vers le Rouge. Et maintenant, toujours solitaire et farouche, il se penchait vers l'eau dévalante, éprouvait du sabot l'extrême bord de l'escarpement.

La rivière paraissait profonde; elle était large de deux grands bonds. Le Rouge vit le Pèlerin reculer, mesurer ses pas en arrière, et tout à coup s'élancer vers l'eau. Il s'enleva d'une détente prodigieuse qui le projeta en plein ciel. Le Rouge crut, un moment, qu'il allait réussir le passage et retomber sur l'autre bord. Mais déjà son grand corps s'inclinait, les pattes de devant tendues, accélérait sa chute vers le milieu de la rivière où il allait infailliblement s'abîmer. Le Rouge, déjà renâclant de terreur, vit le corps du Pèlerin rebondir dans une gerbe d'eau ; mais pour s'enlever tout aussitôt, d'un deuxième bond roidement assuré, et retomber, les pattes groupées, sur l'autre rive.

Il y avait, sous le courant, une table de roche immergée. Mais elle devait affleurer aux basses eaux et le Pèlerin savait qu'elle était là. Le Rouge n'hésita qu'un instant, risqua le saut avec une audace impulsive. Il réussit son premier bond, sentit sous ses sabots la dureté lisse du rocher. Mais le fracas de l'eau flagellée, l'aveuglante gerbe d'éclaboussures le suffoquèrent et rompirent son élan. Il demeura au milieu du courant, regardant les serpents de l'eau se lover autour de ses jambes, et puis tendant le mufle vers la berge escarpée où le Pèlerin avait repris terre.

Par deux fois, les cuisses tremblantes, il se groupa pour sauter de nouveau. Mais il sentit, chaque fois, que la détente de ses muscles allait manquer d'assurance et de nerf, et il resta cloué sur la roche. Alors, malgré la rumeur du courant, il entendit les sabots du Pèlerin qui faisaient rouler de grosses pierres : et tout à coup il sentit dans ses muscles l'assurance même dont il avait besoin. Il balança légèrement le cou, fixa ses yeux sur une étroite saillie qui débordait l'abrupt du talus, et il sauta.

Un éboulement rapide sous ses pieds, un coup de reins désespéré, et il était debout sur la berge, dans un chaos sauvage de rocs moussus et de broussailles. Cela dégringolait sous les ronces, se dérobait à chaque pas en glissements, en chutes roulantes que les lianes entravaient. Cela plongeait, se creusait sous son corps, l'attirait invinciblement dans un gouffre qui échappait aux yeux, recouvert qu'il était par le foisonnement fou des ronces, des clématites, des houblons et des viornes. Le Rouge pliait ses jambes en arrière, résistait des jarrets, de la croupe. Mais il s'enfonçait davantage, roulait lui-même parmi les pierrailles, à travers le dais de plantes folles qui s'épaississait sur sa tête et cachait la lumière du ciel.

Enfin, le sol s'affermit sous ses pas. C'était un terreau doux et moite, élastique. Sous la faible clarté qui persistait au fond du gouffre, il apparaissait comme tigré par des plaques de mousses minuscules, d'un beau vert profond, presque noir. Une grande roche plate, un peu oblique, surplombait la gueule d'une caverne. Et, de ce trou plein d'ombre impénétrable, une senteur d'eau s'exhalait par bouffées, l'haleine glacée de la rivière.

Le Rouge, perclus de crainte, demeura longtemps immobile. Mais peu à peu ses yeux s'accommodaient, le silence et le calme de cette retraite souterraine apaisaient son cœur en tumulte. Il osa regarder alentour, fixer l'entrée de la caverne. Et dans l'ombre, à deux ou trois pas, il vit briller des prunelles d'or rougeâtre, bouger vaguement un grand corps allongé. Au même moment, il flaira l'odeur du Pèlerin, se rapprocha, s'étendit près de lui.

Pendant des heures, ils dormirent côte à côte. Le Pèlerin, vers le milieu du jour, se releva pour manger un peu, et le Rouge le suivit sous le toit de broussailles feuillues. Ils n'avaient qu'à lever la tête pour couper les feuilles de la ronce. Les longues cordes craquaient en s'accrochant par leurs épines, et toute l'épaisseur du toit frissonnait à leurs coups de dent. Le cerf noir, pas plus qu'auparavant, ne semblait remarquer la présence du Rouge à son flanc. Ils rentrèrent, l'un derrière l'autre, sous le surplomb profond de la roche, fermèrent les yeux, se rendormirent. Quand le Rouge entrouvrait les paupières, il revoyait la faible clarté verte que laissaient filtrer les broussailles. Elle s'avivait par instants, comme si de grandes mouches aériennes, aux ailes blondes, eussent dansé lentement au travers : le vent, là-haut, devait chasser les derniers nuages, le soleil luire sur la rivière. Le Rouge refermait les yeux, et laissait le bienfaisant sommeil envahir de nouveau tout son corps.

Il s'éveilla tout à fait vers le soir. Il était seul. Le Pèlerin avait repris sa route.

Il lui fallut toute cette nuit-là, et la moitié de la nuit qui suivit, pour regagner la futaie des Orfosses.

V

ÊTRE LIBRE C'EST ENCORE TRESSAILLIR, PAR LES MATINS froids de l'automne, au son du cor et à la voix des chiens. Dès le retour du Rouge à la harde, ce tourment avait recommencé. Pendant toute la saison des chasses, ce fut au climat des Orfosses que l'équipage vint attaquer.

Vainement les cerfs se recélaient au plus épais des grands forts sylvestres. La meute devait compter, cette année-là, un limier au flair infaillible, un chien secret qui ne sifflait point sur la voie. Les plus fins des vieux mâles, les plus habiles à prendre le vent du trait, à vider les enceintes en silence avant l'attaque des rapprocheurs, l'un après l'autre voyaient rembuchés mis debout et donnés aux chiens.

Deux fois dans la semaine, un peu avant le milieu du jour, la fanfare des cuivres éclatait. Et chaque fois c'était tout près, un vacarme soudain et brutal qui faisait criailler les pies et s'envoler les coqs faisans. La harde, alors, se rasait en tremblant, tournée de toutes ses têtes inquiètes du côté où sonnait le cor. Un peu plus tôt, un peu plus tard, le moment arrivait toujours où le mâle pourchassé apparaissait entre les hêtres et venait taper dans la harde. Les bêtes attendaient ce moment dans une alarme qui ne connaissait point de trêve : c'était chaque fois la même approche muette, la même vision soudaine, dans la pénombre du sous-bois, d'un animal au pelage fumant, aux yeux apeurés et méchants.

Alors la Bréhaigne se levait. Elle n'essayait point de faire front, de résister ouvertement. Pour toutes les bêtes de la harde, le mâle qui venait d'apparaître avait cessé d'être des leurs. C'était un animal couru, un ennemi d'autant plus redouté qu'il traînait, collés à sa voie, une menace et un péril de mort. Son attitude sournoise et brutale, ses regards torves, son allure déjà trébuchante leur inspiraient à toutes la même inimitié affolée. Seule la Bréhaigne, paisible et comme indifférente, conservait son sang-froid au milieu de ces bêtes bouleversées. Mais elle était peut-être, de toutes, celle dont l'horreur était la plus hostile, la plus dangereuse aussi pour le mâle qui les bousculait, remuant le change avec une opiniâtreté où se jouait sa dernière chance de vie.

La Bréhaigne, comme lui, mais avec une attention plus froide, écoutait les cris des chiens, les sonneries des cors de chasse. Et puis, toujours sans hâte, elle passait le long de la harde en se dressant de toute sa taille. Elle s'arrangeait pour que chaque bête la vît, touchait même du bout du mufle les naseaux de l'une ou de l'autre, enfin partait droit devant elle en prenant la tête de la harde. Il était rare qu'elle ne la ralliât point tout entière. Son assurance placide, éprouvée à travers cent alertes, une fois de plus agissait sur le clan, l'entraînait derrière elle dans un mouvement d'instinct collectif, plus fort que toute obéissance. Le mâle ainsi renié, furieux, essayait de le débander. Mais toutes ses charges, désormais, n'aboutissaient qu'à le faire se serrer sur lui-même, les épaules épousant les flancs, les têtes s'appuyant aux échines : et il se déplaçait d'une masse, suivait la vieille Bréhaigne comme une seule bête onduleuse et pesante.

Bien avant que la meute eût rejoint, cette partie tragique était jouée, et la biche était victorieuse. Elle le savait, elle ne craignait plus rien. Elle continuait d'aller droit son chemin, d'une allure qui tenait le milieu entre un pas amblé et le trot. Et toutes les bêtes à demi rassurées, la suivaient docilement sous les arbres, non plus serrées confusément, mais rangées sur une file continue, chacune touchant presque du nez la croupe de sa devancière.

Souvent, les cavaliers postés en bordure des enceintes, aux carrefours, le long des allées, voyaient ainsi passer la harde. C'était toujours la même vieille femelle qui apparaissait la première ; et aussitôt les autres biches suivaient, les hères, les daguets, les jeunes mâles. Les hommes voyaient toute la file s'infléchir au passage du premier fossé, remonter sur le terreplein, s'incurver de nouveau à la descente du fossé opposé. Les hautes herbes, les fougères leur cachaient les pattes en mouvement ; les gracieuses bêtes leur paraissaient glisser, le cou tendu et l'échine longue. Quand le soleil était derrière elles, ils avaient la vision d'une frise d'ombres mouvantes et bleues ; et cette vision persistait encore au travers de l'allée vide, alors que la dernière des bêtes était passée depuis longtemps.

C'était souvent l'instant où surgissait, la tête oblique et les yeux pleins d'angoisse, un cerf tout seul, abandonné. Il baissait le cou en soufflant et son garrot semblait bossu. Mais tout à coup, apercevant les chevaux et les hommes, il redressait vivement la tête, d'un sursaut fier et courageux rejetait le poids de sa fatigue, et bondissait à l'opposé, sous le couvert.

Mais c'était lui, c'était bien lui, la bête de chasse vouée à la curée. Les cors sonnaient *La vue,* les voix des hommes criaient « taïaut » et le récri des grands bâtards, là-bas, fondait tout droit à travers le hallier approchait en s'élevant vers le ciel. Et toute la meute, l'instant d'après, déferlait en nappe sur l'allée s'enfonçait dans le bois à la place même où le cerf avait disparu.

« Hao-hao-hao-hao… » chantaient longuement les voix des hommes.

La mélopée leur tremblait dans la gorge, poussait aux reins les derniers chiens :

« C'est de lui. C'est bien de lui… Hao-Hao-Hao… À la voie, mes valets ! »

Et déjà, dans une autre allée, *La vue* encore sonnait triomphalement. Et les cris du relais découplé se mêlaient aux cris de la meute, aux cris des hommes qui lançaient les chiens de renfort.

« Au coute ! Au coute ! Hao-Haooo ! »

La harde, derrière la Bréhaigne, s'était recouchée dans les herbes. Les bêtes restaient frémissantes elles écoutaient tourner la chasse. Cela ne durerait plus longtemps. Le mâle déhardé, parfois, prenait un grand parti désespéré, fuyait tout droit en rassemblant ses dernières forces. Mais les chiens le chassaient presque à vue, retournaient avec lui sur son contre par le chemin familier des étangs. Car c'était là qu'il revenait toujours, de là bientôt qu'on entendait jaillir, discordants et frénétiques, les abois du *Bat-l'eau* ou de *L'hallali sur pied.*

Un long moment passait ensuite, un très long et dolent silence. Enfin, dans la grisaille du crépuscule, dans le calme immobile du soir, les cors se menaient à sonner. Ils sonnaient interminablement, jusqu'à ce que la nuit d'automne montât des combes de la forêt. Et lorsque, enfin, ils s'étaient tus, le dernier bruit vivant qu'entendaient les bêtes de la harde, c'était encore les hurlements des chiens, lâchés ensemble pour la curée.

Ainsi moururent, aux étangs des Orfosses, la Tête-Rouée et l'Oreille-Coupée, le Cerf-Bigle et l'Épi-Noir. De semaine en semaine, avec une angoisse grandissante, les femelles et les jeunes sentaient les vides s'élargir autour d'eux. Mais la Bréhaigne mangeait et ruminait attentive seulement, quand revenaient les jours de courre, aux rumeurs qui passaient dans la brise fraîche du matin.

Le Rouge, dès la première chasse, avait compris la sagesse de la biche. Il demeurait avec la harde, à quelques pas de la Bréhaigne. Et sitôt qu'un frôlement suspect, un craquement de branche écrasée, une odeur d'homme ou de chien alertaient la vieille femelle, il levait la tête avec elle, écoutait et flairait comme elle en observant ce qu'elle allait faire.

Vint une période moins tourmentée où les veneurs, sans s'éloigner beaucoup, découplaient sur les bêtes noires. Quelquefois, dans le fort où la harde était couchée, un tiers-an ou un quartarnier traversait en crevant le fourré. On ne voyait qu'une grosse boule gris sombre, hérissée, qui passait comme un projectile et s'enfonçait dans le hallier. Quand les piqueurs montés broussaient au travers de l'enceinte, quand le vautrait dévalait en hurlant, les bêtes douces se rasaient et restaient immobiles. Bientôt la chasse tirait au large, sans retour, et la journée s'achevait en paix.

D'autres fois, le cochon forcé tenait le ferme dans les Orfosses. Alors les cris des chiens devenaient bahulées enragées : des abois jetés à pleine gueule, comme hachés par les crocs découverts, et tout à coup des hurlées glapissantes, des gémissements de bêtes éventrées. Le cochon donnait du boutoir et d'avance faisait payer sa vie.

La compagnie de la vieille laie était revenue aux Orfosses. Elle voyageait par des lieues de pays, se cantonnant parfois dans Fauboulois, disparaissant pour des saisons entières par-delà les collines des Rochettes, puis revenant de boqueteau en forêt et de nouveau grognant sur les chemins des bêtes douces. Après deux ou trois attaques, deux ou trois morts de sangliers, la vieille laie remmena tout son monde de l'autre côté des collines. Les bêtes noires s'en allèrent par une nuit calme et sans lune, la puissante femelle en avant, et derrière, en serre-file, le Pigache, le grand mâle aux défenses aiguisées, au garrot dur et broussailleux, dont le Rouge avait eu si peur une lointaine nuit d'été.

Alors les valets de limiers, revenus faire le bois dans l'aiguail des petits matins, cherchèrent encore le pied des cerfs et rembuchèrent les derniers mâles. À la fin de janvier, ils ne restaient plus que trois : le Brèche-Pied, le daguet Rouge, et celui que nul n'avait revu, le Vieux qui s'était recelé dans un buisson connu de lui seul, ou qui peut-être, de nuit en nuit changeant ses reposées, avait déjoué jusqu'à présent le flair des chiens et la sagacité des hommes.

L'un des limiers pourtant, et l'un des hommes, parvinrent à le mettre debout. Et les bêtes de la harde le surent, longtemps avant que les cors de chasse eussent sonné le premier

Bien-aller. Car il passa entre les hêtres, sous le vent, tendit le nez du côté de la harde, et disparut aussitôt comme une ombre dans la profondeur du sous-bois. De ce moment, le Rouge se prit à frémir, à promener sans cesse autour de lui des regards durs et luisants. Un peu après les rapprocheurs parlèrent et le son du cor éclata.

La chasse tourna comme les autres fois. Mais au lieu de son train habituel, c'était une course désordonnée, coupée d'hésitations étranges, de silences qui duraient longtemps. La Bréhaigne écoutait plus âprement que d'ordinaire. Alors que les biches et les jeunes trahissaient moins de nervosité, elle semblait au contraire plus inquiète, elle ne pouvait tenir en place. À maintes reprises elle se leva, dressa et tourna les oreilles, flaira longuement dans le vent. Quand un chien se refaisait entendre, quand un cor jetait son appel, alors seulement elle se calmait, revenait se coucher tranquillement parmi les bêtes de nouveau alarmées.

Le Rouge, lui, continuait de frémir. Pendant toute la journée, le même tremblement convulsif l'avait repris de moment en moment. Vers le soir, après un silence bien plus long, alors que déjà toute la harde croyait la chasse découragée, il bondit sur ses pieds et fit tête vers le sous-bois. Quelques secondes plus tard seulement, les autres bêtes virent le Vieux des Orfosses. Il était noir, le poil encore collé par la sueur qui l'avait mouillé, mais sec et terni à présent. La langue retraite, croulant la queue il avait cet aspect tragique de l'animal bientôt sur ses fins. Ses poursuivants étaient loin encore. Mais dix fois déjà dans le jour il les avait mis en défaut, distancés ; et chaque fois ils l'avaient rejoint, déjouant ses feintes et usant ses forces tandis que d'un échec à l'autre le désespoir montait dans son cœur. Le Vieux avait l'accablante certitude qu'ils le rejoindraient encore.

Mais il savait aussi que le soir exorable était proche, que s'il réussissait à gagner un suprême délai, il pourrait à la fin respirer dans le refuge profond de la nuit. Tous les recours, il les savait. Ils étaient comme rangés dans sa tête, jalonnant les parcours de chasse que ses vieilles jambes, depuis tant d'années, avaient suivis à travers la forêt ; et chacun était comme un havre où persistait une petite flamme d'espoir. Vers ces pâles lueurs éparses dans la forêt, il avait couru tout le jour. L'une après l'autre, il les avait vues s'éteindre. Il ne lui restait plus que la harde et les étangs.

Les étangs, leurs joncs impénétrables, les méandres du ru sous le fourré des plantes d'eau, maintes fois dans le passé il leur avait dû son salut. Mais aujourd'hui, il était vieux. Il redoutait pour ses membres raidis la pénétrante brûlure de l'eau. Les étangs, c'était aussi la mort.

Il s'approcha des bêtes couchées. Il ne courut pas droit sur elles comme l'avaient fait les autres mâles. Il tourna autour de la harde, presque humblement ; et ses gros yeux, voilés d'une angoisse triste, paraissaient implorer un accueil. Mais la Bréhaigne, les genoux pliés sous sa poitrine, déjà prêts à la détente, le surveillait avec une attention anxieuse. Elle connaissait le Vieux des Orfosses, et elle ne doutait point qu'au lieu de charger au hasard, il ne méditât contre elle seule une attaque sournoise et dangereuse.

Pendant quelques moments le vieux mâle se maintint à l'écart, continuant à tourner de loin, du même pas silencieux

et glissant. Les regards de la biche ne le perdaient point de vue. Et en même temps ses grandes oreilles se creusaient et bougeaient aux vagues rumeurs de l'étendue. Lorsque jaillit le récri des chiens, elle devina que l'instant était proche où l'attaque allait fondre sur elle. Ses genoux eurent un tressaillement, mais elle n'osa encore se lever. Elle avait peur. Elle était sûre que son moindre geste déclencherait la charge terrible dont elle croyait déjà sentir le poids et la brutalité. Ce que voulait le Vieux des Orfosses, c'était d'abord la frapper de telle sorte qu'elle ne pût rallier toutes les bêtes et les entraîner derrière elle. Quand il l'aurait mise hors du jeu, il pourrait choisir librement le daguet qu'il déharderait et qu'il pousserait au change à sa place. La Bréhaigne, un moment, fut tentée de quitter la partie. Un signe des oreilles et des yeux, un faible meuglement de paix, et le Vieux comprendrait qu'elle avait peur et qu'elle abandonnait. Mais la haine qu'elle portait aux grands mâles était plus forte que sa terreur. Et elle continuait à trembler en guettant le Vieux des Orfosses, tandis que les cris de la meute se rapprochaient et se multipliaient.

L'énorme cerf avait resserré ses circuits. Dans ses yeux tout à l'heure si tristes, une colère farouche jetait maintenant de courtes flammes. La Bréhaigne plia l'encolure, banda ses genoux pour bondir. Mais avant qu'elle fût debout, à l'instant même où elle pensait voir le déboulé du vieux mâle, un cri étrange la surprit, une espèce de chevrotement rauque, saccadé, que la fureur étranglait au passage dans la gorge qui le poussait. Le Vieux, au lieu de s'élancer, s'était piété pour faire tête. Mais il était déjà trop tard. Le Rouge l'avait heurté au flanc, la tête basse, lancé avec une telle violence que le dix-cors avait fléchi des quatre pieds. Et le jeune mâle continuait à pousser, à bourrer du front et des dagues, le bousculant, le secouant, le forçant, arquant les reins à chaque sursaut de résistance, les brisant tous dans une charge sur place, un trépignement rageur et convulsif, tandis que le même cri haletant jaillissait de sa gueule pleine d'écume.

Il ne s'arrêta que très loin, rompit dans une dernière secousse. Mais ses sabots dansaient encore et ses dagues pointées en avant demeuraient prêtes et menaçantes. Le Vieux, à deux reprises, griffa la mousse et baissa sa grosse tête. Mais il ne reprit point le combat. Il se mit à reculer, pas à pas, le corps oblique, fixant de ses gros yeux pleins d'une haineuse épouvante le jeune mâle qui l'avait meurtri. Enfin, lentement tournant le dos, le garrot de nouveau courbé, les jambes raides et flageolantes, il s'éloigna entre les arbres et marcha vers les étangs.

La Bréhaigne, ce soir-là, n'eut pas besoin d'entraîner la harde. Les bêtes la suivirent sous les hêtres, jusqu'au bas-fond de la vallée où coulait le ru des étangs. C'était comme si elle eût voulu, encore, s'assurer par elle-même que nul fuyard n'en remonterait le cours dans les premières ombres du soir. Mais ni la Bréhaigne, ni le Rouge, ni aucune des bêtes de la harde n'entendirent dans l'eau du ru le moindre clapotis vivant. Un peu plus tard, hurlant à pleines gorges, la meute passa en ouragan dans la futaie qu'elles venaient de quitter. Elle ne balança point sur les reposées encore tièdes. Elle galopa vers les étangs. Un peu plus tard encore, dans la clairière aux eaux dormantes, *L'hallali* prolongea sa fanfare. La nuit tardait, le soir était calme et doré. Pour la première fois de l'année, on sentait l'approche du printemps.

Et ce fut, comme les autres soirs, plus ardent et plus sauvage encore, le hurlement de la curée.

VI

CELUI-LÀ NE FAISAIT POINT DE BRUIT. IL SE COULAIT dans le taillis sous les branches, avec une souplesse rampante. Il se tenait toujours au vent. Il était plus habile qu'une bête à se cacher sous l'épaisseur ou dans le frémissement des feuilles. Ses vêtements étaient couleur de mousse, couleur d'écorce, couleur de terre. Il se frottait la peau avec des plantes de la forêt dont l'odeur capiteuse effaçait son odeur d'homme. Maintenant que les cors des veneurs ne sonnaient plus à travers les Orfosses, que les bêtes endormies cessaient d'entendre dans leurs rêves les cris affolants de la meute, c'était lui qui rôdait dans la forêt reverdissante ; et la mort cheminait avec lui, furtive, approchant en silence sur les pas silencieux du Tueur.

Les biches avaient mis bas leurs faons. Si jalousement cachées que fussent leurs chambres de feuillage, il les découvrait toujours. Il emmenait avec lui un grand mâtin au poil gris fauve, une bête hirsute à la mâchoire de loup. Le mâtin devant, l'homme derrière, ils battaient les fourrés en flairant, en furetant de leurs yeux aigus. Tous deux retenaient leur souffle, glissaient derrière l'ados des fossés, cherchant les épaisses nappes de mousse où s'étouffait le bruit de leurs pas. Le chien s'appelait Brisefort et il méritait son nom.

Il n'était pas de roncier si touffu si barbelé qu'il ne pût y enfoncer sa quête. Le Tueur n'avait qu'à faire un geste, et il plongeait à travers les épines, le nez bas et les pattes sous le ventre. L'homme attendait sans impatience, campé sur ses jambes torses et balançant vaguement ses longs bras. Une vieille casquette en loques abattait sur sa face camuse une bande d'ombre où luisaient ses yeux. Et ses prunelles au fond de cette ombre paraissaient plus pâles encore d'une froideur grise, trouées de pupilles toutes petites.

Parfois, le chien reparaissait à la place même où il avait plongé. Il regardait le Tueur au visage, battait faiblement de la queue : « Il n'y a rien, il faut chercher ailleurs ». Ils repartaient. Tous deux, au fil des jours, des nuits qu'ils passaient dans la forêt, à la traque, à l'affût, à la piste, montraient le même acharnement tranquille où le temps ne signifie plus rien. Ils habitaient, de l'autre côté des étangs, une masure au bord d'un chemin creux. La forêt l'entourait de toute part. On ne voyait de là que le moutonnement des arbres, pas une route, pas un clocher. Les quelques champs de l'appartenance restaient en friche depuis des années : le Tueur, pour vivre, s'arrangeait autrement. Son plaisir et sa subsistance lui venaient de la forêt.

« Voici un fort où tu passeras, mon chien. Hardi donc, ça sent la biche ! » Mais pas un mot ; rien que ce geste de la main. Le Tueur ne savait point parler. Quand d'aventure quelque bûcheron venait à sa cabane et qu'il grognait pour lui répondre, il s'étonnait d'entendre le son de sa propre voix. Brisefort, lui, n'avait pas besoin de paroles pour le comprendre et pour lui obéir.

Il avait disparu sous les ronces et l'attente recommençait. Mais cette fois, au lieu de revenir, le mâtin restait dans le fort. Et soudain, toujours invisible, il poussait un aboi retenu, un seul cri bref, aussitôt brisé, pour avertir et pour appeler. Les prunelles grises acéraient leur luisant ; et le Tueur, à son tour, sans se soucier des épines serrées, plongeait a même le fourré. Il y entrait à pleine poitrine, arrachant des cuisses et du ventre les lianes qui retardaient sa marche. La biche, maintenant, pouvait l'entendre, rester même dans le taillis et laisser voir entre les branches son flanc fauve et sa croupe pâle. Le Tueur pensait : « Quelle belle cible ! » Mais il se connaissait : il n'avait pas emporté son fusil. Ce qu'il voulait, c'était prendre le faon vivant.

Encore une fois, un peu plus près, Brisefort poussait son aboi étouffé. Celui-là était un rude chien. Au lieu de s'emporter sur la biche, il attendait, piété devant le faon, que son maître le rejoignît. Comme le Tueur, il se sentait au ventre une tentation persistante et terrible. Mordre, étrangler, c'était pour lui la même chose que pour l'homme épauler son fusil ou serrer les nœuds de sa main sur le manche de son couteau. Mais l'homme et le chien résistaient, parce que le petit de la biche devait être capturé vivant.

Le Tueur vendait les faons à des gens qu'il connaissait. Et ceux-là les revendaient à d'autres, beaucoup plus cher, en prenant pour eux seuls les risques du trafic, de l'emballage et de l'expédition. Pour un Grenou, un tel commerce était trop compliqué. Il lui suffisait de venir, à la nuit pleine, et de dire seulement : « J'en ai un ». Il déliait le sac de grosse toile où palpitait la tendre bête, recevait son argent et partait.

Voilà pourquoi, dans ces jours de ciel bleu, de feuilles nouvelles et frémissantes, il battait avec son mâtin les taillis profonds des Orfosses où les biches avaient faonné.

Le chien le sentait derrière lui. Ses pattes, bandées, montraient des tendons comme des cordes. Il pointait droit sa gueule vers la bouillée de drageons flexibles où le faon gisait sous les feuilles, les jambes longues et le flanc battant, dans la position même où sa mère l'avait renversé. Le Tueur n'avait qu'à se baisser. Il écartait un peu Brisefort, qui grondait, ses crocs luisants à l'air. Et ses grosses mains se refermaient, empoignaient les pattes fines, les croisaient et les entravaient. C'était une besogne délicate dont il enrageait à part soi. Il fallait la pensée de l'argent pour retenir le poids de ses mains. Car la tentation revenait, plus violente à présent qu'il touchait cette chair tendre, cette douce chaleur bougeante et soyeuse. Il y avait aussi ce chien, son grondement, la prière sauvage de ses yeux. « Tu en veux ? Tu en veux, Brisefort ? Calme-toi, ça vaut cent francs. »

Le faon était ficelé, enfermé au fond du sac. La toile était percée de trous pour lui permettre de respirer. On pouvait toujours craindre qu'un coup de sang ne l'étouffât avant d'avoir regagné la maison. Et Grenou se hâtait, mécontent ; et le même mot revenait dans sa tête, où se résumait sa rancœur : « C'est délicat, trop délicat ».

Il y avait des jours où il pensait n'y plus pouvoir tenir. Le grondement de Brisefort et l'imploration de ses yeux devenaient insupportables. « Ah ! tu en veux, tu en veux, sale bête ? » Et c'était un coup de pied brutal, lancé à toute volée dans les côtes du grand mâtin. Le chien rampait, le corps plié en arc, la tête levée et menaçante, les crocs dénudés jusqu'au nez. Le Tueur le surveillait, debout à la distance d'un saut. Une espèce de rire immobile crispait les traits de son visage. Il souhaitait presque l'attaque du chien et tripotait son couteau dans sa poche. Il songeait : « Toi aussi, tu sais… Oui, même toi, j'en serais capable ». Mais la queue du mâtin commençait à battre la terre, et son grondement devenait un râle sourd, qui décroissait, que l'on n'entendait plus.

Le dernier faon qu'ils trouvèrent aux Orfosses était né depuis plusieurs jours. C'était une femelle ravissante, aux grands yeux d'un brun velouté, que l'Aile avait mise au monde. Et elle avait déjà la légèreté gracieuse, la vivacité aérienne de sa mère. Quand Brisefort découvrit leur chambre, quand il jeta son rugueux aboi, elle partit en même temps que l'Aile. Et le chien, cette fois, bondit à sa poursuite sans attendre l'arrivée de l'homme. Il l'eut rejointe en quelques foulées, évita les sabots de la biche : et l'étau de ses dents se referma au vol sur une patte de la petite bête. Un os si tendre sous la peau : à peine s'il avait craqué quand les dents s'étaient refermées. Le faon était tombé sur la mousse ; et il bêlait, regardant le mâtin de ses grands yeux ruisselants de larmes.

Brisefort l'avait lâché, parce que la course du Tueur sifflait dans les branches du fourré. Quand l'homme fut là, il se traîna le long de ses jambes. Devant eux, le flanc contre la terre, le cou ployé pour les mieux voir, la petite femelle se plaignait. Le Tueur la considéra, hocha la tête avec dépit. Sous son front bas, de vagues pensées se répondaient : « Mauvais ouvrage, celui de Brisefort. Mais pourquoi diable cet avorton, au lieu de rester tapi, avait-il pris bêtement sa course ?

Le malheur qui était arrivé n'était pas de la faute du chien. Un malheur, oui, cent francs de perdus. Mais après tout, c'était la première malchance. De l'argent, on en avait assez. Pas de plaisir, alors ? Pas même une fois ? Il y avait assez longtemps que cette maudite contrainte durait, qu'on était sage… Manger du faon… une marinade ; et les os pour ce brave Brisefort. »

La main du Tueur ouvrit son couteau dont la virole cliqueta en se bloquant ; une longue lame toujours aiguisée, au fil aussi tranchant que celui d'un rasoir. Cela s'égorge comme un agneau. L'entaille s'élargit en béant sans que l'on sente résister la chair. Le cou flexible, si gracieusement ployé, s'étire doucement et mollit tout à coup. La fine tête est retombée, les grands yeux bruns se sont voilés. Déjà fini, ce n'est rien du tout… Et la biche qui va et vient là-bas, qui se rapproche, qui tourne comme au bout d'une corde. Le Tueur pointe vers elle la lame rougie de son couteau, agite son bras pour l'obliger à fuir. Malgré le frêle cadavre qu'il emporte sur son épaule, cette journée lui laissera un regret.

Dès le soir il reprit son fusil, retrouva ses postes d'affût. Il connaissait tous les gagnages où les bêtes douces vont faire leur viandis, les bêtes mordantes leurs mangeures nocturnes. C'était, entre elles et lui, à qui prendrait le meilleur vent. Par les périodes de temps stable, les brèves nuits tranquilles de juin, les bêtes l'emportaient sur l'homme. La Bréhaigne l'éventait de haut, poussait un meuglement profond qui portait très loin dans la nuit. Toute la harde l'entendait, fuyait alors à toute vitesse pour se regrouper à l'écart. Le Tueur, dans le fossé où il s'était agenouillé, dans la fourche de branches où il se cachait sous les feuilles, entendait lui aussi le meuglement de la vieille biche. Il lâchait un juron et rentrait à sa masure. Ou bien, s'il en était temps encore, il coupait à travers les arbres et prenait un nouvel affût sur les routes des sangliers. Mais la lune s'attardait dans le ciel, la buée d'aube se mettait à fraîchir, et la vieille laie, avant même qu'il touchât l'orée, l'éventait à son tour et grognait pour avertir sa compagnie. C'était alors la même fuite éperdue, un éparpillement d'ombres qui laissait le champ désert, silencieux sous le clair de lune.

Mais d'autres nuits, la brise tournait, se faisait la complice de l'homme ; un balancement du temps obscurcissait le ciel d'avant l'aube. Le Tueur pouvait se glisser dans l'ombre, approcher sous le vent des bêtes et les guetter à leur rentrée. Ni la Bréhaigne ni la vieille laie ne jetaient leur cri d'alarme. Il s'allongeait le ventre dans l'herbe, poussait doucement son fusil devant lui, la crosse à toucher son épaule ; et il laissait les minutes s'écouler, les heures s'il en était besoin, jouissant de son attente même, de la fraîcheur un peu rêche du matin, de sa veille immobile dans la chaleur de ses vieux vêtements, savourant sans se rassasier le même plaisir fruste et barbare à se sentir les regards clairs, les muscles vifs, à palper de la paume la crosse glacée de son fusil, du bout du doigt sa détente armée, jusqu'au moment où devant lui, dans la vague pâleur de l'aube, se levaient des formes vivantes qui grandissaient à sa rencontre.

Son coup de feu claquait et ne manquait jamais son but. Dès l'instant où la plaine, jusqu'alors uniforme et grisâtre, s'animait tout à coup des apparitions espérées, ses yeux désignaient leur victime. Et désormais ses gestes s'enchaînaient avec une rigueur infaillible : l'étreinte des mains sur le fût de l'arme, l'appui serré de la crosse à l'épaule, la visée aiguë et rapide, et sous le doigt cette fuite progressive, douce et huilée, de la détente. Quand les bêtes s'enfuyaient à la détonation, l'une d'elles, frappée à mort, achevait de se débattre à la place même où elle était tombée. Le Tueur sortait de sa cachette ; et le dernier regard de la bête agonisante le voyait s'avancer dans le champ, marcher vers elle sur ses jambes torses avec son couteau à la main.

Dix nuits de suite, à son affût de l'aube, il tua ainsi aux lisières des Orfosses. Les animaux rentrèrent avant le jour. Mais il sortit plus avant hors du bois, se traînant lentement, lentement, dans un rampant silence qui le portait jusqu'à leur gagnage.

Il se plaquait contre les mottes, tordait son cou et ses épaules, les yeux fixés sur les cimes des épis. Peu à peu, l'obscurité nocturne devenait moins opaque et moins lourde. Il distinguait le frémissement des graminées, les raies noires des sillons qui se brisaient à quelques pas contre l'immensité du ciel. Il y cherchait la forme d'un nuage, le clignotement fugitif d'une étoile. Et puis ses yeux revenaient aux sillons, aux épis, à la ligne confuse encore qui séparait le ciel de la terre. Ses regards la suivaient, la palpaient, en reconnaissaient patiemment les inflexions, les molles brisures, presque le grain et les rugosités. Et l'instant finissait par venir où il la savait tout entière, telle qu'elle était dans l'épaisseur de la nuit.

Cette longue bosse à quelque distance, cette forme presque sans contours qui se déplace au bord du ciel, elle n'était pas là tout à l'heure. Elle est là. Ce n'est pas une ombre irréelle qui glisse sur des yeux fatigués. Combien de pas ? Une quarantaine. Voici un nuage qui approche dans le ciel, un peu nacré en transparence par le feu caché d'une étoile. Il va passer derrière la chose, il l'atteint, presque blanc derrière elle. Et tandis qu'il poursuit son voyage, des contours se précisent plus nettement, se détachent sur sa pâleur : une échine, un long cou qui se lève, une tête inquiète dressée dans la nuit. À quarante pas, avant le grand bond effrayé d'une biche prête à l'éventer, les chevrotines du Tueur ont sifflé et blessé à mort. C'est une vieille biche, très grande, très lourde. Il faut la dépecer sur place avant que le jour ne paraisse. Mais Grenou, penché sur son cadavre, n'a pas besoin de la lumière du jour pour reconnaître la vieille guetteuse, la Bréhaigne des Orfosses-Mouillées. Il tâte son flanc tiède encore, relève ses manches et s'agenouille. Le cuir est dur, mais la lame est solide. Le Tueur pense : « J'ai eu ta peau, ma vieille ». Et il rit, tandis que sa lame tranche et que ses mains arrachent, avec une rudesse diligente, de grands lambeaux velus qui résistent longuement avant de se décoller.

De tout un mois, les bêtes n'osèrent plus sortir. Il n'était pas une de leurs routes où elles ne craignissent, désormais, d'entendre tout à coup claquer le fusil meurtrier. Le Tueur était partout à la fois. La harde, privée de ses grands mâles par les chiens courants des veneurs, se voyait à présent massacrée par un ennemi plus redoutable encore, dont les embûches sournoises défiaient toute ruse et tout courage. Et les quelques biches survivantes, les hères, le Brèche-Pied et le Rouge ne quittaient plus les tailles profondes où ils dormaient le jour et tournaient peureusement la nuit, broutant les feuilles coriaces de l'été.

En juillet, plusieurs nuits éclatantes se succédèrent au plein de la lune. À la troisième, le Rouge se décida. Il partit seul, le museau caressé par une brise traînante et douce. Chaque palme de fougère découpait une ombre aussi nette que par le soleil de midi. L'écorce des hêtres brillait, miroitait de reflets ambrés. À la lisière, les champs s'étalaient sous la lune et le regard portait jusqu'aux confins de la plaine cultivée.

Au moment où le Rouge sortait, la compagnie de la vieille laie traversait les champs devant lui. Il voyait tous les sangliers, distinguait à trente pas les lignes brunes sur le pelage des marcassins, les blanches défenses sur les boutoirs des mâles, le luisant de leurs yeux sous les soies. Les bêtes noires s'arrêtèrent dans un carré de pommes de terre et se mirent à fouir en grognant. Le Rouge sortit et courut vers les blés. Quand il passa au vent des bêtes noires, le Pigache tourna vers lui sa hure, sa tête énorme, son garrot monstrueux. L'un et l'autre se reconnurent et soufflèrent paisiblement. Le Rouge continua de trotter, le Pigache redonna du boutoir sous les pieds de pommes de terre.

Le Rouge passa la nuit entière dans les grasses cultures de la plaine. Il ne revint qu'au petit jour, le ventre chaud, les jambes alertes. Les sangliers fougeaient encore au milieu du champ bouleversé.

Ce fut juste au moment où il passait le fossé de bordure que siffla la balle du fusil. Le fossé était large, l'abrupt profond. Alourdi par sa nuit de mangeaille, il avait descendu la pente au lieu de sauter par-dessus. Ce hasard l'avait sauvé :

la balle siffla entre ses bois, étoila derrière lui l'écorce d'un vieux chêne têtard. La seconde balle miaula dans le vide. Si promptement que le Tueur l'eût tirée, l'écart du Rouge avait été plus prompt encore.

Il perçut vaguement, derrière lui, le galop des sangliers. Presque aussitôt le fusil tonna de nouveau. Un peu plus tard encore, alors qu'il était déjà loin, il lui sembla entendre un rire vers la lisière de la forêt, un hennissement de joie et de triomphe que suivit longtemps dans le ciel l'aigre clameur des pies réveillées.

Elles seules, de toutes les bêtes du bois, virent le combat du Tueur et du Pigache. Quand Grenou eut manqué le Rouge, il entendit comme lui le galop des sangliers. Il les

151

vit regagner le couvert, plonger derrière la vieille laie sous l'abri du taillis serré. Mais, avant le passage du Pigache, il avait eu le temps de recharger son arme. Le puissant mâle avait aperçu l'homme. Ses yeux violâtres eurent un brasillement ; il le chargea avec une vitesse de bolide. Le Tueur visa au défaut de l'armure, juste à la base du cou massif. Frappé en plein élan, les deux pattes de devant comme fauchées, le Pigache vint s'effondrer si près que l'homme dut sauter de côté. Mais la bête était morte, bien morte, foudroyée par la balle qui lui avait traversé la poitrine. Sa hure, affalée sur la terre, restait inerte, pesait de tout son poids. C'était à cet instant, devant l'énorme cadavre, que le Tueur avait poussé le grand rire hennissant que le Rouge avait entendu.

Il se calma, se prit à réfléchir. Il était tard, chaque minute comptait. Sa masure était proche, le mieux était d'y porter le Pigache et de l'y dépecer en paix. Seulement, sa victime était lourde. Quatre cents livres, même pour la vigueur de Grenou, c'était trop. Il jeta un regard sur la plaine, consulta sa grosse montre d'acier. Son parti était déjà pris : courir à la maison, atteler Brisefort à son chariot, y embarquer le pesant cadavre, le recouvrir de ramée feuillue, et puis rentrer au trot en suivant le vieux chemin.

Quelques instants plus tard, ayant détaché son mâtin, il courait avec lui vers l'endroit où gisait le Pigache. Brisefort avait compris de quoi il s'agissait. Ce n'était pas la première fois que son maître, à la pique de l'aube, poussait le chariot en courant sur un layon de forêt : on allait retrouver une grosse bête et la ramener vers le saloir.

Le chien flairait les herbes et la terre en trottant un peu en avant. Il sentit bientôt le cochon, remua la queue et partit droit devant. Presque aussitôt le Tueur entendit son aboi. Il se hâta, surpris, vaguement inquiet, tendant le cou sans s'arrêter pour essayer de voir entre les branches. Et soudain, lâchant les brancards du chariot, il s'élança de toute sa vitesse.

Brisefort, les poils en brosse sur l'échine, les pattes raides, grondait à la hure du Pigache qui lui faisait tête de tout près. Le sanglier, pendant l'absence du Tueur, avait repris conscience et récupéré ses forces. Et maintenant, accoté de la croupe au talus du fossé bordier, son énorme encolure redressée, on eût dit un bloc noir et hirsute, une sorte de rocher broussailleux. Quand le chien faisait mine de sauter, il tournait lourdement son boutoir en le fixant de ses petits yeux sombres. Grenou, à cette vision, eut au cœur un spasme de joie. Il avait accroché son fusil à la muraille de sa maison ; ce serait une bataille de près. Haletant d'impatience et d'ardeur, il ouvrit son couteau, affermit son poing sur le manche. Puis il s'avança dans le clair et marcha contre le Pigache.

Ce qui allait maintenant arriver, il le savait : la bête, en apercevant l'homme, allait se détourner du chien, rassembler sa vigueur et charger. Alors, du moins, Brisefort pourrait aider son maître.

« Pille, mâtin ! » cria le Tueur.

Le grand chien sauta en avant, et aussitôt hurla de douleur. Le boutoir du Pigache l'avait soulevé en plein bond, fait tournoyer dans un sursaut de l'encolure, et du même coup l'une des défenses lui avait taillé le flanc. Il était à peine retombé qu'une seconde volte de la terrible gueule l'atteignait sous le ventre et le faisait hurler encore. Le Tueur se rua, tandis que le Pigache, les dents claquantes et ronflant de fureur, collait du groin à sa victime, la décousait et la mordait à mort. L'homme se rua d'un élan aveugle, sans autre idée que celle de frapper, d'enfoncer loin sa lame dans le corps profond de la bête. À peine fut-il sur la pente du fossé qu'il glissa sur la couche des feuilles mortes. Dans sa chute, il lâcha son couteau, vint heurter le Pigache à la cuisse et l'empoigna au hasard par les gardes en serrant de toutes ses forces. Mais les pattes du vieux mâle étaient grosses ; à peine si les doigts de l'homme en contenaient la rugueuse épaisseur. Il était à demi couché, un peu au-dessus de la bête. Il appuya tout le poids de son corps sur les reins du grand sanglier, lâcha une patte moins d'une seconde pour reprendre son couteau : il le voyait à dix pouces de ses yeux, sur les feuilles, avec sa lame brillante et grande ouverte. Mais il sentit au même instant que la formidable encolure commençait à tourner vers lui ; et il ressaisit à pleine main la patte qu'il venait de lâcher.

Quelques instants passèrent ainsi, le Tueur pesant sur le garrot de toute la masse de sa poitrine, les bras collés contre son corps et progressivement écrasés par l'énergie de sa propre étreinte, tandis que dans ses doigts crispés les grosses pattes agitées de secousses menaçaient de lui échapper, et que sous ses talons la couche de feuilles pourries glissait, l'entraînait de plus en plus bas vers le fond bourbeux du fossé.

Brisefort ne hurlait plus, ayant sans doute achevé de mourir. Le sang du chien, celui de la bête noire engluaient aussi les feuilles mortes. Des crampes brutales nouaient les muscles du Tueur, de plus en plus fréquentes et douloureuses. Et toujours, un peu en avant de sa tête, le boutoir invisible tantôt faisait claqueter ses dents, tantôt entre-froissait ses défenses courbes et ses grais avec un grincement d'aiguisoir. Les mains de l'homme se mouillaient de sueur. Il lui semblait qu'un temps interminable s'était traîné depuis sa chute, alors que réellement quelques secondes à peine avaient passé. Il avait peur, une peur atroce. Et dans le même moment il éprouvait une joie farouche, plus intense mille fois que toutes celles qu'il avait connues. Il savait que l'instant approchait où son étreinte allait mollir, se relâcher, où la hure encore invisible allait enfin se retourner vers lui, les grinçantes défenses lui labourer profondément la chair. Mais il continuait à serrer, à peser, avec l'espoir que la bête blessée, épuisée par la perte du sang, faiblirait peut-être avant lui.

Ce ne furent point ses forces qui le trahirent, mais la sueur qui lui mouillait les mains. Une des pattes du Pigache parut rouler entre ses doigts, leur échappa irrésistiblement. Il eut le temps de saisir son couteau. Et aussitôt, avec un grondement plus bestial que celui du sanglier, il se mit à frapper dans les poils, dans la hure brusquement apparue, effroyable, baveuse et sanglante. Il avait basculé sur le dos, il essaya de s'arc-bouter ; mais la pente fangeuse se dérobait maintenant de toute part, sous ses talons, ses reins, ses épaules. Et il roula devant le Pigache en attendant le coup de boutoir.

Il devait, par la suite, retrouver deux souvenirs précis. Non pas celui de la première blessure qui lui avait déchiré la cuisse : c'était à peine s'il l'avait sentie, et moins encore les coups de défenses dont le vieux sanglier lui avait labouré la poitrine. Ce qu'il se rappela surtout, ce fut d'abord le raidissement soudain du grand corps qui l'oppressait, et aussitôt une rémission extraordinaire, pour lui tout à fait incroyable au moment où elle s'était produite. Le boutoir brûlant et mouillé s'était détaché de lui, toute la hure s'était soulevée, soulevée encore. Il l'avait entrevue sur le ciel, les oreilles droites, la gueule ouverte aspirant l'air, les yeux angoissés et lointains. Et la hure était retombée, d'une seule masse ; et tout l'énorme corps avait pesé mollement à son côté, comme une chose désormais insensible, vraiment morte.

Alors – et c'était son second souvenir – le Tueur avait pris pleine conscience de la jouissance qu'il venait d'éprouver. Étendu dans la fange et le sang, près des cadavres des deux bêtes, saignant lui-même par de cruelles blessures, il revivait avec délices toutes les phases de la lutte sauvage où il avait pensé mourir. Il se sentait merveilleusement paisible, assouvi, heureux comme de sa vie entière il ne l'avait jamais été. Il mit sa main sur le corps du Pigache, dans l'épaisseur des soies bourrues, les caressa d'un mouvement régulier, machinal, et referma doucement les yeux.

VII

PAR LES PIES ET LES GEAIS DES LISIÈRES, LA NOUVELLE gagna de proche en proche. Toutes les bêtes des Orfosses surent que le Tueur était couché dans sa maison, et que de très longtemps elles n'auraient rien à craindre de lui. L'automne et l'hiver furent paisibles. Les veneurs couraient dans Fauboulois. Pendant des jours après des jours, la harde des Orfosses vécut dans une sécurité bénie qu'elle n'avait jamais connue.

Le Rouge, pour la première fois de sa vie, prit solitairement son buisson. Il choisit une jeune taille du côté de la Bouverie, une chênetière au bord d'un ruisseau. À la mi-mars, ses dagues étaient tombées. Il les avait mises bas en se roulant dans les broussailles, et puis s'était caché en attendant que sa tête se refît. Il souffrait, ses pivots saignaient. Mais bientôt une peau d'un brun noirâtre les avait recouverts, et elle s'était gonflée sous la poussée persistante du sang. Cela formait au sommet de sa tête deux protubérances molles encore, enveloppées de cette peau comme d'un feutre duveteux et palpitant. Le Rouge restait couché, presque immobile, dans la crainte de les heurter. Il mangeait sans se relever, cueillant du bout des dents les feuilles à portée de son mufle. Au bout de deux semaines le premier andouiller apparut. Ses perches allongeaient toujours, poussaient un second andouiller, un autre encore. Au contraire de l'année passée, où la souffrance et la captivité avaient tari le croît de sa ramure, il surallait deux pousses d'un coup et devenait quatrième tête. Les battements de son sang se calmaient. Il oubliait maintenant, pendant des heures, le douloureux travail de ses bois. Les scions tendres du brout retrouvaient leur grisante saveur. Il se laissait glisser en de délicieuses somnolences, tandis que la forêt printanière bruissait autour de lui.

Il entendait dans son demi-sommeil les coups de bec du pivert dans les chênes, le cri rouillé du coq faisan. À de longs intervalles, le coucou jetait son appel : la métive était proche, où il allait perdre sa voix. Le soleil tremblait sur les feuilles, la lente brise qui les émouvait était comme une haleine tranquille. Le Rouge soupirait longuement, le poil effleuré par la brise, et le soleil avec l'ombre des feuilles tremblait sur son pelage nouveau.

Car la bourre épaisse de l'hiver s'était lentement effilochée. Ses flancs luisaient, plus nets et plus lustrés. Une bande à peine plus sombre, d'un brun ardent, courait le long de son échine ; et sur ses bords, de part et d'autre, la nuance de sa robe s'éclairait, s'animait de fugaces mordorures, comme si la caresse du soleil eût laissé là de grosses gouttes de lumière. Autour de lui les taons bourdonnaient, les araignées tissaient leur toile. Il sentait sous sa peau le cheminement des larves d'œstres qui peu à peu, entre cuir et chair, gagnaient son cou et les poils de sa gorge. Parfois un chatouillement insistant, une piqûre vive l'avertissaient que l'une d'elles avait achevé sa métamorphose : une pupe, tombée de lui, se terrait sous

sa litière même ; un peu plus tard, grosse mouche velue, elle fuserait dans la lumière et mêlerait son bourdonnement à celui des insectes ailés.

Ainsi le Rouge, dans le secret de son buisson, laissait la vie submerger son corps, le traverser de ses ondes sourdes, de ses remous jamais apaisés. Rien d'autre, au fond de sa retraite feuillue, ne venait faire battre son cœur. Il se confiait, soumis, heureux, à la grande force élémentaire qui l'enveloppait avec les bourgeons éclatés, les femelles de passereaux accouvées sur leur seconde nichée. Les soleils tournaient dans le ciel. L'alternance des aubes et des soirs, dans cette halte aux rives du temps, était comme un vague bercement, d'une ampleur immense et très douce.

Et le jour vint, au fort de l'été, où il sentit sa propre vie. Sa tête avait tout allongé. Les derniers œstres, nourris de sa substance, prenaient leur vol et s'accouplaient. Une chaleur allègre circulait dans ses membres, ses yeux brillaient, tout son corps avait un éclat frais, rénové, comme si l'énorme flot qui l'avait longtemps entraîné, roulé dans ses tièdes profondeurs, l'eût ramené, lavé, à la lumière.

Il se leva, marcha sur le bord du ruisseau, brouta les feuilles acides et les fleurettes blanches du cresson. Et, sentant que sa tête durcissait, il commença de toucher au bois. Jusqu'à l'automne, jusqu'aux prochaines fièvres du rut, il resterait libre et léger. La solitude lui était joie ; joie, chacun de ses pas sur la mousse ou dans l'eau vive du ruisseau, le ploiement des jeunes tiges contre lesquelles il frottait sa ramure, le passage du pivert qui volait d'un chêne à un autre : et son bec dur, infatigablement, recommençait à cogner dans l'écorce.

Bourdonnement de la forêt d'été ; silence où le pivert frappe du bec dans l'écorce du chêne, trêve de l'âpre faim hivernale, du sang de printemps dans la tête, du sang d'automne au creux des reins, des mues fiévreuses, des larves épuisantes. L'ombre des feuilles tamise le trop ardent soleil, fait de sa brûlure une jouissance. Le corps, dans le creux de sa couche, demeure chaud par le serein nocturne. Jusqu'aux pointes de leurs cimes fourchues, les cornes sont dures et brillantes. La faim est douce, qu'un mouvement du col apaise.

Le cerf, les yeux grands ouverts, ne regarde même plus sous les arbres le vol de l'oiseau vert et rouge. Le soir approche. Entre les branches, le ciel devient doré : et les larges prunelles, peu à peu, prennent la couleur dorée du soir. Oubli… La fraîche nuit va venir. Derrière la taille, au flanc d'une pente, d'anciennes meules de charbonniers ont laissé des ronds noirs sur la terre. Dans ce fraisil sec et craquant, le Rouge, cette nuit, ira se rouler sur le dos. Le pivert a encore changé d'arbre. Oubli des chiens, des hurlements au fond des combes : on n'entend plus les coups de bec, pas un bruit dans toute la forêt. Oubli des traînantes fanfares qui résonnaient, le soir, près des étangs. Pour quelles morts ? Le Rouge est vivant.

TROISIÈME PARTIE

CHAPITRE PREMIER

C'ÉTAIT LA MÊME FUTAIE DE HÊTRES, LES MÊMES grands arbres dans le clair d'étoiles, pareils à des colonnes de pierre. Il gelait. De loin en loin, dans la pureté transie de l'espace, une branche morte craquait violemment, et peu après, achevant sa chute invisible, elle éclatait en heurtant la terre dure.

Les bêtes étaient encore debout. Elles se serraient les unes contre les autres, se réchauffaient ensemble à leur chaleur : quelques biches maigres, quelques hères de l'année, et deux grands mâles au milieu d'eux.

L'aube d'hiver rosit le ciel entre les hêtres. Un soleil rouge et rond, sans rayonnement, monta au-dessus des étangs, allongea sur la glace un reflet rectiligne qui n'éblouissait point les yeux. Le plus grand des deux mâles écarta les biches et les hères, prit sa marche à travers le bois. Son port de tête, sa ramure avaient une majesté royale. Quatorze chevillures s'étageaient sur ses perches sombres, creusées de profondes gouttières et grumelées de perlures blanches. Il cheminait à grandes allures, fermes, régulières, et en même temps d'une légèreté glissante que les années n'avaient pas encore alourdie : car il était dans la force de l'âge, à peine amaigri par le jeûne, et chacun de ses pas sur la terre, le balancement de son cou puissant au rythme allongé de sa marche révélaient la vigueur, la santé, la perfection d'un organisme parvenu au faîte de sa courbe, à l'apogée de sa beauté vivante.

Il continuait d'aller sous les hêtres. Les bêtes le suivirent un moment, mais insensiblement il se mit à forcer l'allure et les distança peu à peu. L'autre mâle, resté en arrière, ralentit son pas au contraire, se détourna de son côté : tous les deux disparurent dans la profondeur des arbres, entre leurs fûts bleuâtres et serrés.

Mais à l'instant où le premier dix-cors s'était séparé de la harde, un hère l'avait rattrapé en courant et s'était attaché à ses pas, comme s'il eût répondu à un ordre ou à un appel. L'un et l'autre, le grand mâle et le jeune, suivirent longtemps les routes dans les fougères. Le soleil montait derrière eux. Blanche de givre, la couche des feuilles mortes crissait sans trêve sous leurs sabots.

Ils atteignirent une pente inclinée vers le midi. Dans un creux aux bords arrondis le givre avait déjà fondu, l'épaisseur des feuilles était douce. Le grand mâle plia les genoux et le hère se coucha près de lui. Tout le jour ils suivirent le soleil, se relevant à mesure qu'il tournait pour gagner une reposée nouvelle, mieux orientée vers ses rayons. Le froid restait vif et mordant. Et pourtant, aux approches du soir, une vague mollesse passa dans l'air, un souffle humide qui traînait ses écharpes et ternissait la pureté du ciel. Les arbres, raidis par le froid, se détendaient, retrouvaient leur souplesse végétale. Le dix-cors, ayant haussé la tête, respira profondément. Sous la bure terne de son poil hivernal, des reflets rouges flambèrent en ondulant. Il se mit sur pied d'un élan, poussa doucement le hère du front vers la haute futaie des étangs où ils avaient quitté la harde, et s'en alla, seul, dans la forêt.

Presque toujours, maintenant, il était seul. Il n'y avait que les plus grands froids pour le ramener vers ses pareils. Mais, dès que la rigueur des gelées commençait à perdre sa pointe, il les quittait et retrouvait sa solitude. Pour manger, pour se garder des hommes, il ne se fiait qu'à sa propre expérience, à des choses qu'il avait apprises et dont il taisait le secret. Autour de lui, des faons naissaient, grandissaient. Mais beaucoup, dès leurs premiers jours, étaient surpris dans leur chambre de feuilles et capturés vivants, comme autrefois, par le même homme aux yeux gris et méchants. Le Tueur avait perdu sa force dans sa bataille contre le sanglier. Pâle et boiteux, il se traînait en s'appuyant sur un bâton. Mais il savait encore se glisser à travers les taillis, sous le vent, approcher sans froisser une branche, annihiler son odeur d'homme sous des odeurs de la forêt. À cause de lui, chaque printemps, des vies nouvelles disparaissaient encore, et la harde restait clairsemée.

Du moins, le Rouge ne craignait-il plus rien du Tueur. Se coucher des heures pour l'affût dans l'herbe mouillée d'un fossé, attendre sur une fourche de branches la rentrée des bêtes en leur fort, il ne le pouvait plus et ne le pourrait plus jamais. Parmi les hommes, d'autres ennemis continuaient de traquer la harde, eux aussi les mêmes qu'autrefois. Les rares faons qui avaient grandi, devenus cerfs, avaient été l'un après l'autre forcés et portés bas comme les grands mâles disparus.

Chaque automne, le courre traversait les Orfosses, la meute hurlante et bariolée, les veneurs écarlates au torse ceint du cor de chasse. Trois heures, quatre heures et davantage, tous les échos des bois se renvoyaient les stridentes clameurs. Mais toujours, plus tôt ou plus tard, malgré ses feintes, ses détours, sa vitesse, le cerf était mis sur ses fins et porté bas par la dague des hommes.

C'était cela, servir la bête de chasse : l'approcher par-derrière pendant qu'elle tenait tête aux chiens, lui trancher sournoisement le jarret, la poignarder enfin à la poitrine. Le Rouge et le Brèche-Pied, grands dix-cors à présent et les seuls dans toutes les Orfosses, savaient ce que c'était qu'une lame. Le miroitement de la cognée qui frappait au pied des arbres, c'était une lame : et les arbres tremblaient à ses coups, et des lambeaux de leur chair blanche volaient sous ses morsures aiguës. La flamme bleuâtre aussi que l'homme portait au bout d'une perche, qui s'enfonçait soudain dans la hampe du cerf hallali, c'était une lame : et, quand elle émergeait de la chair où elle avait plongé, le sang bouillonnait à long flot et le cerf s'effondrait sur la terre.

Des automnes après des automnes. Combien de chasses à travers les Orfosses ? Et à chacune, d'automne en automne, un cerf de la harde mourait. Ce n'était que de jeunes bêtes crain-tives, trop promptes à fuir devant les chiens, hors d'haleine à leur premier galop, condamnées dès la première attaque. Tandis que les deux grands dix-cors, chacun pour soi, ombres dans leur forêt natale, de saison en saison cheminaient leurs années à travers les embûches des hommes.

Le Brèche-Pied surtout était habile à se cacher. Son pelage, d'une nuance roussâtre et neutre, n'avait d'autre couleur que celle des bois, de la terre enfeuillée, des bougeants lointains forestiers. Une méfiance ombrageuse, constamment en éveil, des sens prodigieusement aigus le gardaient sans défaillance. Il évitait les terrains lourds, les veines d'argile, les ados de fossés d'où le vent d'ouest chasse les feuilles mortes. Il ne suivait que des routes secrètes, moussues, sablonneuses, où son pied ne laissait point d'empreintes. Jamais ses bois ne froissaient au passage des branches basses qu'ils eussent pu briser. Quand il se rembuchait, le matin, il s'avançait loin dans un fort, s'y couchait lourdement pour bien marquer sa reposée, et puis, suivant son contre-pied, il en sortait par un grand saut en hourvari. Après quoi il le contournait avant d'y pénétrer encore, d'y écraser une autre reposée, et d'en sortir une seconde fois. Il ne s'y couchait point, pour son repos de la journée, qu'il n'eût ainsi dérobé sa remise par une série de faux rembuchements. Et souvent il l'abandonnait pour gagner, en celant sa voie, un autre fort plus écarté et plus secret.

Le Rouge, comme lui, savait et pratiquait ces ruses. Mais il était d'ordinaire plus hardi. Tous deux avaient été courus, et tous deux avaient échappé. Pour le Brèche-Pied ce n'avait été qu'à grand-peine, après d'épuisantes randonnées menées presque sur place avec un sang-froid sans défaut, mais aussi dans une tension nerveuse qui l'avait laissé, chaque fois, malade et demi-fou de peur à la pensée d'être lancé encore. C'était au point que cette peur ne l'abandonnait plus jamais. Au moindre bruit il était debout, prenait le vent en frissonnant. Et il déambulait sans trêve, ne retrouvant un peu de calme qu'aux heures où ses routes furtives venaient à croiser celles du Rouge, son vieux compagnon d'autrefois.

169

Car le Rouge, lui aussi, marchait souvent à travers la forêt ; mais d'assurance, avec une attention tranquille, aussi constante et vigilante que celle de l'autre dix-cors, mais sans crainte, mais librement. L'hiver, s'il arrivait que le Brèche-Pied l'accompagnât, il souffrait volontiers sa présence. Aucune rivalité, depuis d'innombrables soleils, ne les avait fait s'affronter. Pourquoi se battre ? Le Rouge se savait le plus fort, mais il avait ce qu'il voulait. Roi de la harde, il se servait d'abord et n'abandonnait au Brèche-Pied que ce qu'il avait dédaigné.

Pas à pas, l'un derrière l'autre, sur le tapis de lierre terrestre que broutent leurs longues dents solides, ils cheminent en gardant leurs distances. Il fait moins froid, les ramilles des bouleaux rougissent, l'eau sourd entre les feuilles du lierre. Des rouliers, sur l'allée des Mardelles, vocifèrent contre leurs chevaux. À l'opposé, par-delà les étangs, les grands pins du Chat-Sauvage craquent et s'abattent sous la hache des bûcherons. Une poule qui vient de pondre chante l'œuf et s'enroue à force de cotecoder : les charbonniers ont bâti leur hutteau sous les charmes de la Bouverie. Tout cela est très loin, tout cela ne cache point de menace ; ni le vent qui sent la terre molle, ni le lent balancement des baliveaux à la cime nue. Le Rouge, sans regarder jamais le Brèche-Pied, le sait tout près, broutant derrière lui les feuilles. Sa présence est comme un souvenir, le poids vivant d'un long passé. En ce moment, ce poids est doux. Mais qu'il pèse et devienne importun, le Rouge n'aura qu'à secouer la tête, à ronfler bruyamment des naseaux, et le Brèche-Pied le laissera s'éloigner.

Chacun d'eux, une fois encore, s'enfoncera lentement sous les arbres, rejoindra le cœur de la forêt. Où chacun d'eux retrouve sa solitude, là bat le cœur de la forêt. Le Rouge est seul, son corps est chaud, ses artères battent. Une fougère qui frôle son genou émiette une sèche poussière de feuilles ; une autre craque sec et se brise : ce sont les fougères de l'hiver, juste aux places où le grand dix-cors pose ses sabots en cheminant. Devant ses yeux une touffe de mousse, touchée soudain par un rayon, prend un vert éclat lumineux : et le printemps glisse dans les veines de la terre, gonfle déjà le cœur de la forêt.

Elle est là tout autour, immense. Parfois, souvent, la pensée de la bête voyage dans son étendue, tournoie en oscillant comme le vol d'un oiseau qui plane, replie ses ailes et se pose : et à la place où elle se pose, une autre vie s'anime et bat dans l'épaisseur de la forêt. Là-bas, la harde a passé sa nuitée. La pensée marche au milieu d'elle, effleure doucement, comme une caresse du mufle au passage, le flanc d'un hère plus beau que tous les autres, aux lignes longues et musculeuses, aux yeux de feu. Puis elle revient, d'un vol à demi suspendu, en mesurant les pas que le Rouge devrait faire sur la terre pour retrouver la harde délaissée, et dans la harde le jeune mâle fidèle que peut-être, en suprême recours, il livrera aux chiens à sa place. Mais déjà la pensée repart, des Mardelles à la Bouverie, attirée par les cris des rouliers, les hennissements de leurs chevaux, par le chant de la poule près de la hutte des charbonniers.

Les rouliers ont de rudes voix sonores, leurs fouets claquent à la tête des chevaux ; mais la coupe qu'ils débardent grouille d'une vie chaude et pacifique ; les essieux des fardiers claquent aussi dans l'air léger, les percherons tirent à pleins muscles,

171

et le fouet, plus qu'il ne les cingle, les enlève et les aide au plus violent de leur effort. Le Rouge, de très loin, voit le grouillement joyeux de la coupe, respire l'odeur des grumes écorcées, le fumet des chevaux en sueur.

Mais la poule chante, et c'est une odeur de charbon, une gerbe de feuilles soulevées à la pointe de la meule où le charbonnier boute le feu. La poule est blanche, toutes les poules du charbonnier font des taches blanches à travers la combe. L'homme a deux fils, et deux jeunes femmes vivent avec eux. Dans leurs visages noirs de charbon, leurs yeux ont un éclat plus blanc, plus frais, et ils rient. Le soir, devant leur loge ronde, la porte ouverte couche sur la terre un long rectangle de lumière; on voit leurs ombres bouger au travers. L'un des fils joue de l'accordéon, et l'autre chante, d'une voix fraîche et rieuse, claire comme ses yeux, tandis que la musique gouttelle et danse comme une pluie de printemps sur les feuilles.

Le Rouge écoute aux lisières de la combe. Entre les arbres clairsemés la pente monte lentement vers le ciel; tout en haut, dans le clair des arbres, les étoiles brillent. Et c'est là que les charbonniers, par les premières nuits douces du printemps, ont aperçu la haute et fine silhouette, ses jambes jointes, sa tête dressée soulevant sa ramure. Entre ses bois scintillaient les étoiles. Et le vieux faisait signe à ses fils: continuez. C'est le grand cerf rouge. Celui qui jouait et celui qui chantait, ils jouaient maintenant et chantaient pour la bête. Elle approchait doucement, pas à pas. Ses yeux étaient dorés dans l'ombre. Elle s'arrêtait, sans crainte, dans une hébétude enchantée. Qu'elle était belle devant les yeux des hommes! La nuit limpide, le grand silence de la forêt, des cœurs sans méchanceté à la fin d'un jour de labeur… On ne sait pas pourquoi, ce soir, on se sent si gravement heureux : le calme de la nuit, la pureté de la forêt, la douceur de cette halte ensemble, au fil d'une vie pure comme la forêt, et là-bas, entre les arbres, cette grande bête splendide, innocente, qui écoute, qui demeure avec nous, si confiante qu'on l'entend respirer. La main du père est restée suspendue. Les jeunes femmes se penchent et sourient sur les épaules des deux musiciens : continuez, c'est le grand cerf rouge, un génie des bois qui passait et qui s'est arrêté pour nous, devant notre maison de branches.

II

LES TEMPES COMMENCENT À GRISONNER, MAIS L'HOMME est resté svelte et fort. Il a toujours les mêmes vifs yeux noirs, le même teint chaudement hâlé. Rester en selle de l'aube à la nuit, brousser des heures en appuyant les chiens, se jeter tout vêtu dans l'eau glaciale d'un étang pour relancer, à coups de fouet, un animal rasé sous les joncs, il le peut comme autrefois. Le chien qui l'accompagne a des poils blancs autour des yeux, des flancs maigres où se dessinent les côtes ; mais sa poitrine est large et profonde, et ses pattes sont infatigables.

« Va-i-là, c'est de lui, Tapageaut. »

Il a neigé un peu dans la nuit, c'est un matin de beau revoir. Le Rouge a passé là, puis là. Le chien porte gaillardement le trait, bat du fouet en suivant la voie.

« Fi de ça, fi de ça, vilain ! »

Tapageaut se retourne vers l'homme, le regarde dans les yeux. Il voit que La Futaie sourit ; et, malgré la voie qui l'appelle, il revient pour lui lécher les mains. Ils sont amis, ils sont complices. S'ils ont filé au bois par ce dimanche neigeux, ce n'est point pour faire leur métier avant un courre de l'équipage ; c'est en secret, pour leur mutuel plaisir.

« Le Rouge ? Le Rouge ? » interroge La Futaie.

Et Tapageaut, en manière de réponse, lève la patte et pisse sur la neige.

La voie qu'ils suivent vient d'être croisée par une autre. Ni l'homme ni le limier ne s'y sont mépris un instant : le pied de l'autre cerf porte une entaille au sabot droit, en dehors. Sans cela, il laisserait des empreintes toutes pareilles à celles du Rouge ; mais il y a cette fine brèche en triangle qui s'inscrit nettement sur la neige.

« Va outre, c'est de lui, mon bonhomme. »

Le froid est vif et lumineux, la neige cède sous le pied en craquant. Ils ont repris aussitôt la voie droite et s'enfoncent dans le hallier. Jusqu'où la suivront-ils ensemble ? Ils ne savent pas, ils vont ardemment leur chemin, le sang fouetté par l'âpre bise et le soleil. Ce qu'ils désirent seulement aujourd'hui, ce qu'ils espèrent, c'est apercevoir devant eux, une seconde, la haute silhouette mouvante et rouge. Sept années ont passé, depuis le jour où le daguet captif a brisé la jambe de l'homme. Et depuis lors il a vécu dans la forêt, et toutes les chasses ont été vaines qui l'ont lancé aux Orfosses-Mouillées.

L'autre, le Brèche-Pied, on le portera bas : cela est sûr, il suffira de le vouloir un jour, de s'accrocher à lui en tâchant d'oublier le Rouge. Mais après, quand on l'aura forcé, on reviendra au vieil adversaire, on se redonnera corps et âme à la lutte secrète, passionnée, que l'on espère depuis sept ans. Mais cela, c'est un autre espoir, lointain encore, éternellement reculé, contre lequel pourtant la raison ne pourra jamais rien, ni les échecs, ni le temps qui s'écoule et qui s'incline vers la vieillesse.

« Va-i-là, mon Tapageaut. »

On est premier piqueux d'équipage, on est grand chien meneur de meute. Mais chaque semaine, en se cachant du maître et des valets, on se retrouve dans la forêt; mais chaque année, la saison des chasses révolue, on s'acharne sur les voies du cerf rouge, on les regarde, on les flaire, on les apprend avec une avidité jamais lasse.

Et l'on fait suite pendant des heures, avec ce seul espoir permis d'approcher une fois encore la bête royale et dédaigneuse, de croiser le regard de ses yeux. Cela du moins est arrivé; souvent; de plus en plus souvent. De telles rencontres ravivent la fièvre qui s'apaise: il semblerait que le cerf rouge les veuille, qu'il accepte comme à dessein de rencontrer dans la forêt l'homme et le limier qui le suivent, et de se montrer à eux.

C'est une très vieille, une très longue histoire. Cela a commencé peu après la fuite du daguet. La Futaie, sur son lit de blessé, constamment avait pensé à lui. Il ne lui en voulait pas du coup qu'il lui avait porté. À ses yeux, c'était un accident, et dont il était responsable; la bête avait bien joué son jeu, attendu et saisi le moment où elle pouvait forcer sa geôle: il y a des oublis qui se paient. Mais La Futaie ne pouvait se défendre contre une rancune obscure et tenace. Il la jugeait déraisonnable et se plaisait à la nourrir, parce qu'elle présageait déjà le désir et l'espoir exaltants qui devaient être désormais comme le sel de ses journées. L'avoir blessé, ce n'était rien. Mais dans cette fuite, dans cette disparition, l'homme pensait découvrir il ne savait quelle trahison, le reniement d'une amitié qu'il avait cru, tant elle était forte en son cœur, tant elle montait avec puissance vers la douce bête aux yeux dorés, sentir refluer d'elle à lui dans le mystère pailleté de ses yeux. Il le croyait toujours. Il en souffrait comme d'une trahison d'homme, mais avec une acuité plus trouble, car sa souffrance même avait la chaleur de la bête, un poids de chair velue qui lui mettait cette fièvre dans le sang. Le Rouge ne pouvait pas savoir que l'Homme allait le délivrer. Mais La Futaie songeait : « Ma main t'aurait ouvert la porte et t'aurait montré la forêt. Ma voix t'aurait dit : tu es libre. Et de ta joie, de ton grand bond vers les Orfosses, j'aurais été heureux, heureux… » Le Rouge l'avait frustré, ce jour-là. Et depuis, pendant de longs mois, le froid de son absence avait ressemblé davantage à l'abandon d'un renégat.

Un autre encore, avec La Futaie, se souvenait du grand daguet. À celui-là, devant le grillage de l'enclos, l'Homme avait dit en lui montrant la bête qu'il l'emmènerait, plus tard, dans la forêt. Plus tard, le temps venu de leur dernière et de leur plus belle chasse, quand l'espoir si longtemps caché, couvé dans le secret du cœur, éclorait dans une grande clarté d'aube. Au coute ! Au coute ! C'est de lui, Tapageaut ! Et tout le jour à travers la forêt, la plaine, tout le jour sur la voie brillante, un long jour qui passe comme l'éclair et pourtant ne finit jamais ; toutes nos voies, tous nos chemins, les futaies, les halliers, les ravins, l'eau des étangs qui brille et tremble, fendue par le sillage qu'ouvre la bête aux bois royaux, et les combes inclinées où son galop dévale dans le clair, les fourrés où elle tourne et randonne, tous les parcours de chasse que nous avons suivis ensemble, si longtemps, si longtemps, Tapageaut, toutes nos routes reconnues ce jour-là, depuis l'aube de ce long jour-là, tandis que la nuit vient et que s'allument les premières étoiles. Volcelest! La lune aussi se lève. Il revient, il rallie aux Orfosses. Ah! c'est de lui, l'ami! il est à nous!

La Futaie n'avait pas oublié le gémissement étrange, ardent et triste, que Tapageaut avait poussé, un soir, au bord de l'allée des Mardelles. Quand le chien avait ainsi gémi, il avait deviné que le cerf rouge était près d'eux. Ç'avait été la première fois, depuis le mauvais soir d'octobre où il avait fui dans la brume. Et La Futaie, entre ses paumes, avait pris la tête de Tapageaut, l'avait regardé dans les yeux. La promesse qui était entre eux avait passé au fond de leurs regards: tous deux avaient compris, sans que l'Homme eût rien dit cette fois-là, quel pacte irrévocable allait désormais les unir.

Et ce fut le début de leurs quêtes libres dans la forêt, entre les chasses, hors la saison des chasses. Les premiers temps, ils se souvenaient encore de l'équipage, ils pensaient travailler pour lui. Ronflaut, le vieux limier de l'Homme, faisait encore le bois au matin des jours d'attaque: c'était une bête à l'âme simple et fidèle; elle n'aurait pas compris ces équipées jalousement cachées, l'acharnement sans but qui poussait l'Homme et Tapageaut sur des voies qu'ils dérobaient. Le premier hiver, par deux fois, Ronflaut avait rembuché le cerf rouge, les rapprocheurs l'avaient mis debout et la meute l'avait attaqué. Mauvaises chasses pour La Futaie: au méchant froid qui lui avait frémi dans la poitrine, il avait dû reconnaître sans feinte ce qu'il souhaitait au fond de lui. Il en avait éprouvé de la honte, et n'en avait chassé que mieux: il n'avait pas tenu à lui que le Rouge ne se vît forcé. Mais le soir, à la retraite manquée, son soulagement l'avait emporté sur sa honte. Un cerf vaillant, qui se forlonge et qui échappe après une poursuite de quinze lieues, à un tel cerf un vrai veneur doit son hommage. Plus de remords pour La Futaie, mais une fierté joyeuse, durable, jusqu'à la seconde chasse où il avait senti encore, tour à tour, cette même angoisse, ce soulagement et cette fierté.

Plus tard, plus tard, quand il sera devenu un grand cerf. Alors notre heure viendra, Tapageaut. Il est à nous : c'est à toi et à moi. Ronflaut vieillit ; Clairaut, Gerfaut, Sonnante, Olifant, eux aussi vont bien à la chair, mais quelquefois ils bronchent ou s'emportent. Tandis que nous !

Ainsi, à travers les années, leur pacte avait duré, s'était noué plus étroitement. Tapageaut, en prenant de l'âge, n'avait rien perdu de sa fougue ; il menait en hurlant comme un loup, sans perdre souffle ni ralentir son train : le mieux allant, le mieux gorgé de tous, un grand beau chien meneur de meute. Mais longtemps personne n'avait su que ce même chien était aussi un limier prudent et secret. Patiemment, au mépris des règles qui valent pour des chiens ordinaires, La Futaie avait conduit, mené à bien ce dressage paradoxal.

Il l'avait habitué à la botte autour de son cou, au trait de corde qui brisait ses élans. Derrière le vieux Ronflaut d'abord, puis seul, il l'avait fait faire suite sur des voies de bon temps, de hautes erres, progressivement refroidies. Rien que des voies de cerfs, de mâles. Rien que les voies de deux grands mâles. Une seule enfin, celle du cerf rouge. Mais celle-là, maintenant, ils l'auraient débrouillée entre mille. L'odeur du Rouge au temps du rut, au temps où il jetait sa tête, où il renouvelait son poil, son odeur à la reposée, au ressui, après une course, par la rosée, le soleil ou la pluie, le nez de Tapageaut les savait et ne les oubliait jamais. La largeur de sa jambe, l'usure de ses pinces aux côtés, la façon dont elles tiraient le sable quand il marchait sur la terre meuble, ses abattures dans les fougères, ses portées aux branches des arbres, La Futaie les savait et les gardait dans sa mémoire. Ainsi, de saison en saison, rien qu'en suivant ses voies à travers la forêt, ils avaient vu le Rouge grandir, durcir ses muscles, affermir ses allures, allonger sa ramure royale : dix-cors jeunement, dix-cors, grand dix-cors, il était devenu semblable à la bête magnifique et sauvage dont La Futaie, dans ses rêves d'autrefois, avait vu la bouleversante image. Et il vivait ! Il allait ses routes sous les arbres, librement ; il respirait l'air de la forêt, et son haleine, autour de ses naseaux, exhalait la même buée légère dont l'homme, sur sa main nue, avait senti la douce tiédeur.

Deux forlongers le premier hiver, un autre encore l'hiver suivant ; et depuis, pas même une fois, nul valet de limier n'avait pu le rembucher. C'était le temps où La Futaie avait dressé le grand chien de meute. Un jour enfin, assuré dans leur commun savoir, il avait demandé au maître à faire le bois avec Tapageaut. Peut-être, alors, était-il déjà trop tard : le Rouge, comme eux, à sa façon, avait appris ce qu'il voulait savoir. L'odeur d'un homme et d'un limier, cela aussi se grave dans la mémoire, se reconnaît dans le vent qui passe. Les yeux voient clair, les oreilles tournent et se creusent, recueillent au passage les moindres tressaillements de l'air. La rumeur d'une forêt familière, si puissamment qu'elle comble l'espace, si amplement diverse qu'elle soit, ne couvre pas le frôlement d'un brin d'herbe que froisse le cuir d'un houseau, l'aigre sifflement de narines d'un limier qui raidit son trait. Alors on est une ombre sans poids qui s'efface au fond d'un taillis, qui traverse une allée, une autre, les pinces serrées sur les cailloux : et nul revoir, c'est le passage d'une ombre qui disparaît dans un autre taillis. Ici, en vérité, le Rouge a pris ce matin son buisson. Mais il l'a vidé en silence ; et même pour Tapageaut, pour La Futaie, ce ne sera qu'un buisson creux.

Voilà sept ans que dure cette joute, que l'Homme et le limier resserrent les cercles de leur quête. Maintenant, de plus en plus, le Rouge se laisse approcher. Invisible, rasé dans les broussailles, ses jambes ramenées sous le ventre et son mufle collé sur la terre, il les a vus passer à quelques pas, les regards fixes, les prunelles agrandies ; et de très longs frissons, comme autrefois dans l'enclos grillagé, lui couraient à travers le poil tandis qu'il les suivait des yeux, se relevait sans bruit derrière eux, et, caché derrière une cépée, tendait le cou pour les voir encore. Est-il si sûr de lui qu'il méconnaisse leur opiniâtreté ? De jour en jour, il se garde un peu moins. Un soir, près des étangs, à l'opposé de la vaste clairière, il les entend dans les Orfosses – le glissement de leurs pas, la voix si grave et si profonde qui parle doucement au chien. Ils ne le cherchent point ce soir, ils se promènent dans la forêt. Alors le Rouge reste à l'orée, debout ; il écoute la voix de l'Homme. Et, quand ils apparaissent tous deux par-dessus les joncs de l'étang, il s'éloigne en suivant la lisière, hors des arbres, à pas très lents ; et il frissonne encore, de sentir leurs yeux qui le suivent.

« Nous le rembucherons, Tapageaut ! »

Ils l'ont revu sous les grands hêtres des Orfosses, sous les charmes de la Bouverie, dans les taillis de Crochepat. Devant eux, sans se presser, il a passé sur la route des Mardelles. Une autre fois, debout au faîte de la butte des Cercœurs, il les a regardés venir à travers les guérets de la plaine. Il se tenait là-haut, immobile, tourné vers eux face à la plaine, aux toits miroitants du château qui tremblaient dans une brume de chaleur. Et c'est seulement la montée des arbres, presque au moment où ils touchaient à la forêt, qui a voilé sa silhouette hautaine et l'a dérobée à leurs yeux.

« Bientôt, bientôt… Va outre, c'est de lui. »

L'hiver qui a semé cette neige sera-t-il son dernier hiver ? Auparavant nous ferons suite de l'autre, le dix-cors à la pince ébréchée. Cet hiver même, au prochain courre : les jours allongent, il n'atteindra pas à la nuit. C'est un beau dix-cors, Tapageaut. Mais le Rouge…

Ils tiennent toujours sa voie sur la neige, sans savoir où elle les conduit. La Futaie, de moment en moment, abaisse les yeux et reconnaît l'empreinte. Le chien va son pas d'assurance, sans même flairer la neige dans sa course. Et voici que le soir approche, depuis des heures qu'ils marchent sur la voie. Elle a tourné comme au hasard, au gré d'une flânerie sans but. L'homme sent le froid pénétrer ses vêtements, durcir les arbres autour de lui. Mais cette sensation reste vague, à peine consciente. Il songe au cerf rouge, il médite : « Ce qu'il faut, c'est le détourner, le remettre dans une enceinte. Cela seulement. Après, quand on l'aura lancé, on le courra deux jours s'il le faut. Mais avec Tapageaut devant, la meute ne se rebutera pas et tiendra jusqu'aux abois. Quinze lieues de fuite, par-delà Fauboulois ; et trois fois cet évanouissement. Voilà sûrement ce qui donne au Rouge cette tranquillité dédaigneuse, ce qui le pousse à reparaître, comme par bravade, devant mes yeux, à profiler sur le rideau des arbres, sur le plein ciel, sa longue forme et sa tête couronnée. Il doit avoir là-bas, près de la rivière aux Ramiers, un refuge qu'il croit inviolable. Mais que j'arrive, ah ! que seulement j'arrive à le remettre… »

La Futaie plisse le front, ses yeux deviennent durs et luisants. Un sourire aux lèvres serrées pose sur son visage un rigide masque de joie. « C'est là, c'est sûrement là, sur l'autre berge de la rivière. J'irai demain. J'y retournerai cinquante fois, et je trouverai. » L'âpre sourire s'efface lentement de son visage. Il serre brusquement les épaules, sent le froid, voit les ombres du soir. Où sommes-nous ? Sur la pente des Cercœurs. Si près de la maison, du chenil… Et les empreintes du Rouge se lisent toujours sur la neige, ses grandes allures toujours si fermes, si tranquilles. La piste, ici, s'infléchit un peu, vient baiser de tout près la lisière, oblique franchement vers la plaine.

« Volcelest, ho, Tapageaut ? »

Le limier flaire et rebauldit Il faut bien croire ce que l'on voit : le Rouge est sorti dans la plaine. Tous les deux, l'homme et le chien, descendent la pente et traversent la plaine. Sur un très long espace, le soleil de midi a fondu la mince couche blanche. Il fait trop sombre désormais pour qu'on puisse voir le pied sur la terre. Il regèle, le nez de Tapageaut se glace : la piste du Rouge est perdue.

Les deux errants se hâtent vers l'abri, la chaleur des chiens sous leur toit, la flambée dans la cheminée. Voici l'étang, le terre-plein du chenil, la cour sablée devant la maison. Un peu au-delà, sous de grands ormes défeuillés, on distingue vaguement un haut grillage qui se rouille et s'affaisse.

« Ho, Tapageaut ? »

Le limier a gémi tout à coup, si bas, avec une douceur ardente, on ne sait quel désir ou quelle peur. Tout son poil, des épaules à la queue, s'est hérissé en ondulant. Et il regarde, le cou tendu, les pattes raidies, du côté des vieux ormes nus. Les yeux de La Futaie ont suivi le regard du chien. Et là-bas, dans le bleu gris du soir, à quelques pas du grillage abattu, il voit la grande silhouette rougeâtre, toute droite et portant haut sa tête.

III

ENCORE UN PRINTEMPS, UN ÉTÉ. DEPUIS DES JOURS DÉJÀ les paysans labourent par la plaine, sèment le blé dans les sillons. Les hirondelles sont parties ce matin, les mésanges des lisières filent en tourbillons vers les maisons et les jardins. Et ce soir, au coucher du soleil, la première brume de l'année s'est levée sur les étangs. Le Rouge, à la nuit pleine, les a tournés par la joncheraie d'en haut, s'est enfoncé dans le taillis qui les borde à l'opposé. La harde des biches était là, cinq femelles ; et près d'elles, seul mâle dans toutes les Orfosses, un daguet aux bois fourchus. C'était le hère de l'hiver passé, le même qui suivait le Rouge le long des pentes où tournait le soleil. Au passage, le grand dix-cors s'est assuré de sa présence, mais il a continué sa route.

Devant lui, le taillis s'est clairsemé. Il a traversé un chemin, un vieux chemin dur et usé. L'endroit était désert, sauvage : quelques friches embroussaillées, autour d'une masure basse dont l'unique fenêtre était close. Le cerf, avant de traverser, a longuement épié cette fenêtre, son contrevent disjoint, la lueur louche qui filtrait à ses fentes. Il a passé en la fixant toujours, assez loin, à une grande portée de fusil. Et il a continué encore, jusqu'à un petit tertre où poussaient quelques chênes nains. C'est sur ce tertre qu'il s'est arrêté, tout contre l'un des petits chênes, presque enfoncé dans son feuillage.

La pleine lune d'octobre allait bientôt monter dans le ciel. Il regardait un halo roussâtre qui débordait déjà l'horizon, attendait la montée de la lune. Elle apparut, énorme, presque rouge, monta lentement, plus claire de seconde en seconde, et plus petite. Il ne la quittait pas des yeux, la tête un peu penchée, comme engourdi par la douce lumière blonde qui coulait maintenant dans le ciel. Il se sentait las et fiévreux, envahi par le mal d'octobre, en proie une fois de plus à la grande force impitoyable qui l'obligerait, cette nuit même ou demain, à se rapprocher des biches. Il tournerait ses andouillers vers le flanc du Daguet-Fourchu, et cela suffirait à l'éloigner de la pelouse. Dorénavant, il comptait seul. Où était le vieux camarade, le Brèche-Pied toujours en alerte, toujours trottant par la forêt? Tué lui aussi, hallali debout, poignardé par la dague de l'Homme. La lune brillait dans un grand lac fluide, et sa clarté pleuvait sur les chênes, ruisselait au-delà sur la terre. Il y avait là-bas une friche, peut-être un champ où poussait du blé noir pour la remise des faisans. Mais c'était la même solitude sauvage, mélancolique, où régnait la clarté de la lune.

Le Rouge plia les genoux, se coucha. La faim ne le tourmentait pas. Il sentait son cœur lourd, gonflé par la poussée du sang. Derrière lui, vers le vieux chemin, un petit chien hurlait à la lune. C'était un roquet au poil jaune, maigre et galeux, à l'attache devant la maison du Tueur. L'homme ne devait pas dormir, mais il ne pouvait plus marcher et le Rouge ne le craignait point. Une chevêche vola entre les chênes, disparut au-delà dans le ciel en prolongeant son rire lamentable. La nuit était d'un calme absolu, fraîche et douce. Le petit chien ne hurlait plus, la lumière pâle et le silence épanchaient leur paix sur le monde.

Quand viendrait le grand cerf Pèlerin ? Il arriverait peut-être cette nuit, apparaîtrait peut-être ici même, à la rive du champ de blé noir. C'était sa route. Il passerait à travers les chênes, sur le tertre où se tenait le Rouge, gagnerait le vieux chemin et descendrait vers les étangs. Mais au passage, le Rouge se tiendrait sur sa route. Pour l'affronter ? Il n'avait pas le désir de se battre. Il songeait au Pèlerin avec une amitié dolente, un besoin de le toucher du flanc, du mufle, et de n'être plus seul dans l'immense nuit lumineuse. Il oubliait sa propre force, ses années. Le Pèlerin vieillissait, déclinait ; mais c'était au Pèlerin d'autrefois que le Rouge songeait cette nuit, au grand cerf noir qu'il avait suivi si longtemps, une autre nuit, jusqu'au gouffre de la rivière.

Il se rappelait leur course dans le vent, l'ombre mouvante qui le précédait, la joyeuse fatigue qui avait allégé son corps sur des routes jusqu'alors inconnues. Et la nostalgie de cette course lui envahissait la poitrine, se confondait, de moment en moment davantage, avec sa fièvre et son tourment. Quand le Pèlerin serait venu, au lieu de prendre son buisson il repartirait avec lui : plus loin, plus loin que l'autre fois, par-delà la rivière aux Ramiers, sur les autres routes inconnues qui s'enfonçaient dans la nuit sans rivages. Et tous deux trotteraient côte à côte, jusqu'au lever d'un jour nouveau sur un pays de rameaux et d'étangs, de gagnages abondants et tranquilles. Et le Pèlerin serait près de lui, resterait près de lui, le quitterait, reviendrait à sa guise ; mais sa présence demeurerait sensible, constamment proche et vivante dans la forêt où il l'aurait suivi.

Hier encore, sur l'allée des Mardelles, l'Homme et le chien avaient passé. Ils reviendraient. Le Rouge, maintenant, savait leur opiniâtreté. Leur odeur et leur trace lui devenaient une obsession dont il ne pouvait plus se défaire. Quand ils restaient trop longtemps invisibles, une inquiétude, une angoisse grandissantes, mêlées d'attirance et de crainte, le poussaient à rechercher leurs voies. Un faix de chaînes lui pesait au garrot, lui nouait aux jambes de traînantes entraves dans cette forêt où ils rôdaient sans trêve, aussitôt cachés qu'apparus, aussitôt revenus qu'en allés. Le Rouge, toujours couché sous les branches du petit rouvre, remua l'échine comme pour secouer ces chaînes et fit longuement frémir les feuilles. Alors, dans le champ de blé noir, il entendit un bruit furtif, ambigu, le sifflement d'une aile ou celui d'une gorge d'oiseau. Cela restait à ras de terre et pourtant planait à travers l'ombre, se taisait, reprenait plus loin. Le Rouge scruta la nuit devant lui, sans rien voir d'autre que les chênes et les feuilles du blé noir sous la lune. Mais tout à coup une chose flottante et pâle, à peine réelle, tournoya dans la clarté lunaire ; et le bruit rauque, sifflant et doux, voleta encore au ras des mottes.

Alors le Rouge sut que les oies sauvages étaient parties pour leur voyage d'automne, qu'elles arrivaient sur les chemins de l'air. Celles qu'il venait d'entendre au-dessus du champ de blé noir n'étaient sans doute que quelques-unes, avant-courrières du grand vol migrateur. Quelques instants plus tard, en effet, leur appel aérien siffla faiblement dans la nuit ; et aussitôt, comme une réponse venue de très loin dans le ciel, le Rouge distingua un immense frémissement soyeux, un murmure d'ailes qui grandissait, pareil à la rumeur du vent.

Quand le vol s'abattit sur le champ, le cerf était debout et frissonnait de tout son corps. La nuit entière, autour de lui claquait de grandes ailes invisibles, lui jetait aux naseaux le souffle de ces milliers d'ailes. Et bientôt, presque instantané, ce fut un silence saisissant, un dernier battement de rémiges, un dernier cri sifflant et doux. Le Rouge ne voyait pas les grands oiseaux couleur de lune ; mais tout le champ palpitait comme une voile, et la chaleur des voyageurs, apportée sur les vagues de lumière, poussait jusqu'à ses pieds de molles ondes inépuisables. Il se remit à frissonner. Et tout à coup, venu du fond de ses entrailles, lentement enflé à travers son corps, montant, irrépressible, de sa poitrine à sa gorge brûlante, son premier brame jaillit dans la nuit.

IV

« É COUTEZ » DIT GRENOU LE TUEUR.
Il avait mis sa main sur le bras de La Futaie. Tous deux, penchés vers la fenêtre, guettaient le second cri du Rouge. Il monta, tremblant et grave, se prolongea, de plus en plus haut et sonore, à travers la forêt nocturne.

La Futaie dégagea son bras : le contact de cette main livide, piquetée de tavelures roussâtres, lui était insupportable. Depuis deux heures qu'il était là, le dégoût de soi l'oppressait, l'empêchait de respirer. La fenêtre était grande ouverte derrière son contrevent rabattu. Ils n'étaient séparés de la nuit que par ces quelques planches disloquées.

« Tout coi, là, bellement, Tapageaut. »

Le grand limier, appuyé sur sa cuisse, pesait de tout son poids en pointant son nez vers l'espace. Il écoutait, tendu, le brame énorme du cerf rouge ; mais il tenait sa gueule serrée, sans même gémir du fond de la gorge. La Futaie posa sa paume sur le flanc maigre, le caressa lentement, continuellement. Il put enfin regarder Grenou, son visage plat, ses yeux glacés. Le Tueur, depuis le dernier printemps, avait encore beaucoup changé. Il était maintenant décharné, le dos voûté, la poitrine creuse ; à chaque instant, une méchante toux le secouait de quintes brèves et dures qui lui mettaient la sueur au front. Blême, les paupières bleuies, il portait la mort sur ses traits.

« C'est… là qu'il rentre, alors ? dit La Futaie. Juste à l'endroit où le fossé bordier tourne au midi vers les Mardelles ? »

Le Tueur fit seulement oui d'un signe. Son regard immobile, pénétrant, ne quittait point le chef piqueux. Et il passait dans ses prunelles de petites lueurs de joie maligne. La Futaie aurait bien voulu poser quelques questions encore. Mais il vit que le Tueur riait, sentit ses joues devenir chaudes ; et il se tut, en caressant le chien.

Dehors, à de longs intervalles, le Rouge criait. Ce n'était pas encore le grand raire farouche du plein rut. La bête, parfois, devait pencher la tête et bramer les naseaux contre terre : car son mugissement s'étouffait et les hommes avaient peine à l'entendre. Alors le chef piqueux se rapprochait de la fenêtre, s'agitait sur son escabelle et de nouveau regardait le Tueur. Il n'y tint plus, il demanda :

« Vous l'avez vu ? Vous l'avez vu par corps ? »

De nouveau le Tueur fit un signe, et la petite lueur ironique voleta au fond de ses prunelles. La Futaie tira sa montre : il n'était guère plus de minuit. Pendant cinq ou six heures encore il lui faudrait rester ici, dans ce taudis sombre et fétide. Ils avaient mis, devant la chandelle, un écran de carton qui renvoyait sa lueur vers le plafond de l'unique pièce ; et cette lueur tremblait en fumeronnant, faisait sortir de l'ombre une paillasse sur la terre battue, des peaux raides pendues aux solives.

Ce fut le Tueur qui parla le premier. Il commença d'une petite voix enrouée, trouée de râles, interrompu souvent par les accès de sa méchante toux. Alors il s'arrêtait, haletant, reprenait souffle et repartait. Cette nuit, pour une fois, il avait envie de parler. La présence singulière de l'homme qui était assis là, sous son toit, allait remuer au fond de lui trop de souvenirs, d'émotions assoupis, pour qu'il ne cédât point à la tentation excitante qui lui poussait les mots aux lèvres. Plus il parlait, plus il avait de choses à dire.

« Qui aurait cru ça ? disait-il. Nous voilà pourtant à causer, vous et moi. Tranquillement, comme des camarades. Ça vous étonne, je le vois bien, parce que vous êtes un homme fier. Mais moi je trouve ça naturel : j'aurais parié que ça viendrait un jour… Oui, c'est par-là qu'il rentre le matin, depuis longtemps. Il ne se méfie plus de moi, il sait bien qu'il n'a rien à craindre pourvu qu'il passe à cent bons mètres, cent cinquante mètres de la maison. Vous comprenez pourquoi, il se rappelle que je l'ai tiré… Oublions ça, c'est tellement vieux. Et à présent, je suis flambé, ce ravageur de Grenou est foutu. Les faons que je vous ai volés, je n'en sais seulement plus le compte : plus de faons que votre équipage n'a pris de cerfs depuis trente ans. Bah ! laissez donc, il en naîtra encore. À quoi est-ce que vous pensez ? Il y a cinq biches à la harde, et puis le Rouge… C'est vrai que vous allez le tuer. Mais quand le tuer ? Demain ; c'est écrit dans vos yeux. Si j'étais vous, je le courrais demain. Savez-vous à quoi vous pensez ? Ça vous gêne que je vous le dise ? Pourquoi ? Vous êtes venu ici, chez Grenou, parce que vous savez qu'il ne vous y éventera pas. Quand il sera cinq heures du matin, vous me demanderez comme ça, bien poliment, à grimper dans le fenil, à vous cacher derrière la lucarne. À votre place encore, je ferais sûrement la même chose. Je connais ça, on est poussé, on n'entend plus raison à rien, on va. Vos raisons, allons donc! Je pourrais vous les dire aussi: je suis chasseur. Pas de la même façon que vous, c'est entendu; mais dans le fond, nous sommes bien pareils. Vous pensez à la harde, est-ce vrai? Aux petits qui ne naîtront pas, l'an qui vient, si vous forcez le Rouge demain. Vous vous dites qu'en attendant un peu, seulement quinze jours, seulement huit, les biches porteraient cet hiver. Mais vous vous dites au même moment que si vous attendez huit jours, si vous laissez passer cette nuit, vous ne le rembucherez plus… Écoutez-le. Il a bramé encore une fois. Il est toujours à la lisière, sur le tertre, peut-être dans le champ de blé noir. Où sera-t-il la nuit prochaine? Que de tourment! Vous avez bien tort. Moi, Grenou, je vais vous rassurer: il y a ce daguet fourchu, d'abord, qui est solide et plein de sang, qui viendra au rut cette année. Et puis voyons… le grand cerf voyageur, le Pèlerin qui est en route? Il n'a jamais manqué, celui-là; les biches l'attendent, leur vieux bouc noir. Qu'elles portent du Rouge ou de lui, qu'est-ce que ça fait pourvu qu'elles faonnent? Vous autres, de l'équipage, vous en serez quittes cette année pour laisser reposer les Orfosses. Vous attaquerez à Fauboulois, voilà tout. Et moi, lorsque les faons naîtront, je serai sans doute bien tranquille, allongé sous quatre pieds de terre… Alors la harde se refera, sans le Rouge, vous voyez bien; sans le Rouge, mon vieux, sans le Rouge… »

La Futaie l'écoutait, immobile. L'homme qui parlait voyait plus clair que lui dans son cœur. C'était dur d'entendre de telles choses, et qui sortaient d'une telle bouche. Mais puisqu'il était venu, qu'il était décidé à rester, à demander vers le matin, comme le Tueur le lui avait dit, à grimper dans le fenil, à se cacher derrière la lucarne, il oubliait son humiliation, son dégoût ; il ne pensait qu'à son désir.

Et il était heureux, parce que le temps était enfin venu, parce que l'heure palpitait sous sa main, aussi chaude et vivante que le flanc de Tapageaut. « On est poussé, on n'entend plus raison à rien » : c'était la vérité, le Tueur savait leur vérité… Un autre brame, profond, solennel. Qu'attend le Rouge sur le petit tertre ? Est-ce qu'il viande dans le champ de blé noir ? Tout à l'heure, il y a très longtemps, un grand vol d'oies sauvages est passé sur la maison. L'aube est lointaine encore, il faut attendre aussi, nous autres. Qu'attend le Rouge ? Peut-être l'arrivée du Pèlerin. Peut-être la première lueur du jour pour rentrer en rusant dans son fort. Oui, mon chien, mon vieux Tapageaut, nous le rembucherons ce matin. De la lucarne du fenil on voit le fossé de bordure, le coude qu'il fait vers les Mardelles, juste à la place où il va passer. La bonne attente que la nôtre, anxieuse et dure, confiante quand même ! Hein, Tapageaut ? Confiante, confiante… Il est là, toujours là ; calme-toi, mon vieux camarade. Il ne brame plus ; il meugle doucement, tristement… Comme la nuit est tranquille à présent ! Une petite chouette s'est posée sur le toit, ses ongles grattent contre les tuiles. Trois heures… Ah ! que je suis heureux !

« Le vent se tient dans les hauteurs, dit Grenou ; ce sera un jour de soleil. Il restera longtemps dans la taille, au ressui : la rosée d'aube l'aura beaucoup mouillé. »

Plus tard, avant que La Futaie eût parlé, il dit encore :
« C'est le moment ».

L'aube était proche, la lune depuis longtemps couchée,
quand le Rouge poussa son dernier brame. La Futaie monta
dans le fenil, colla ses yeux au trèfle de la lucarne. Devant
lui, entre de petits arbres espacés, il voyait un épaulement de
terre, d'un bleu de cendre. Au-dessus tout le ciel était pâle,
à peine rayé par deux petits nuages longs, pâles comme le
ciel. Le temps passait ; le plus haut des deux nuages rosit,
puis le second. De la lucarne, on ne pouvait pas voir l'orient ;
mais les nuages devenaient plus roses, et le ciel bleuissait
entre eux.

Le cœur de l'homme battait si fort que son bruit lourd, à
ses oreilles, était comme une autre présence. Il mit sa main
sur sa poitrine pour le contenir, pour le faire taire. Il regardait
les cailloux sur la friche, un fuseau de genévrier, une ligne
de broussailles qui cachait sans doute un fossé. Il regardait
avec tant d'acuité qu'il lui semblait arracher hors de l'ombre
ces petits chênes, ces feuilles de ronces que ses yeux allaient
toucher. Soudain les nuages s'éclairèrent, barrèrent le ciel d'un
double trait de flamme. Et juste à ce moment, entre deux
des petits chênes, l'homme vit le Rouge qui prenait le vent.

Alors il leva ses jumelles, saisit la bête dans leur champ
lumineux. Le grand cerf était immobile. À l'orée déserte du
bois, dans le silence et la pureté de l'aube, il battait lentement des paupières, haussait le mufle pour mieux toucher le
glissement frais de l'air matinal. L'homme pouvait voir se
dilater les ailes sombres de ses naseaux. Et peu à peu, sans
qu'il en eût conscience, ses propres lèvres se mirent à battre,

murmurèrent de confuses paroles : « Te voilà. C'est vraiment toi, le Rouge. Plus beau encore… Ah ! ne bouge pas. »

Il déplaçait lentement ses jumelles, le parcourait de ses regards comme d'une caresse interminable : les jambes fines, si longues, si nerveuses, la hampe profonde que la naissante lumière mordore, le cou large et velu qui pâlit un peu vers la gorge, et surtout ce visage de bête, ces grands yeux pleins de songe où il a pu voir autrefois, de tout près, se refléter les branches des arbres et les nuages qui passaient dans le ciel. Il murmurait :

« Le plus beau de tous. Je le savais. Le roi de la forêt. »

Et puis des mots de son métier, qui renaissaient de son enchantement même, montaient ainsi que des offrandes vers la bête splendide et libre : « Cette pierrure blanche, blanche comme des bourgeons d'aubépine… Ces meules dures comme le rocher… »

Et il parlait aussi de grandes branches, de ramure ouverte dans le ciel, déployée comme le couronnement d'un bel arbre. Ces mots qui lui venaient aux lèvres, il ne les entendait même pas. Ce n'était qu'un murmure à travers les battements de son cœur. Il n'était que contemplation extasiée.

Quand le cerf recula sous les chênes, sortit du champ de ses jumelles, ce fut en lui le sursaut égaré d'un réveil. Il eut une seconde d'affolement, mais aussitôt se ressaisit, chercha et retrouva des yeux la silhouette rouge qui marchait sous les chênes. Dès cet instant il se sentit lucide et fort, maître de son cœur, de ses nerfs : et il ne fut plus qu'à l'action.

Le Rouge marchait vers le fossé bordier. Il n'était pas à deux cents mètres. L'homme remit ses jumelles dans leur étui de cuir, appuya son front sur la porte. Son champ visuel était assez vaste pour embrasser tout à la fois le fossé que suivait le Rouge, le vieux chemin devant la maison et, sur la gauche de ce chemin, une large bande du taillis où l'animal allait sans doute rentrer. Il le vit franchir le fossé, sans sauter, s'arrêter sur le bord du chemin pour épier et reprendre le vent. Il y avait encore cent cinquante mètres jusqu'à la touffe de prunellier qui masquait les jambes du grand cerf ; mais son encolure et sa tête se montraient à découvert, et il lui paraissait si près qu'au moment où il tourna les yeux du côté de la maison, il se crut vu et s'écarta de la lucarne. Aussitôt le Rouge diminua. Il l'apercevait toujours dans l'ouverture en forme de trèfle qui entaillait la porte pleine, mais prodigieusement lointain, au cœur d'un nimbe de soleil qui trouait l'ombre du fenil comme une étrange fleur dorée. Il rapprocha son front, l'appuya de nouveau contre les planches vermoulues et il revit la bête grandir, lever à découvert son encolure et sa ramure derrière la touffe de prunellier.

Il s'était rassuré : le Rouge ne pouvait pas le voir dans les ténèbres où il était caché. Il ne le quitta plus des yeux, attendant qu'il franchît le chemin et rentrât dans le taillis. Il n'éprouvait point d'impatience : le jour était dans sa prime lumière, quatre heures au moins le séparaient encore du rendez-vous. Et il se mit à songer au limier, resté en bas sous la garde du Tueur. Il eût voulu qu'en cet instant Tapageaut fût à son côté, pût voir comme lui le dix-cors à l'écoute. Mais brusquement une terreur le saisit, à l'idée que Grenou pouvait exprès lancer Tapageaut, ou seulement, comme par mégarde, le faire sortir sur le chemin. La moindre alerte en cet instant, le moindre frémissement suspect, et le grand cerf s'évanouirait comme une fumée insaisissable. La Futaie, avec âpreté, se remémora la longue nuit, l'accueil de Grenou, ses propos et l'accent dont il les avait dits. Une certitude tranquille se fit alors dans son esprit : le Tueur voulait que le Rouge fût couru. Du fond de sa tanière où le clouait la maladie, il l'avait froidement condamné.

Ce fut pour lui la dernière alarme. Ce jour, cette chasse qui commençait ne pouvait plus le décevoir. La maison, au-dessous de lui, restait silencieuse et prostrée. Même si le roquet jaune aboyait en tirant sur sa chaîne, le grand cerf ne s'effraierait point : son jappement lui était familier, comme les cris des pies et des geais qui se levaient déjà dans les buissons de la lisière. Eux aussi, les oiseaux fureteurs, avaient vu la bête aux aguets et piaillaient au-dessus d'elle. Tant mieux ! Leurs criailleries bruyantes avertiraient et guideraient La Futaie.

Ah ! enfin, le Rouge avait bougé. Il descendait sur le chemin, l'échine onduleuse et penchée selon la courbe du talus. Debout sur la chaussée rugueuse, tout son corps à nu maintenant, ses longues lignes en mouvement toutes offertes aux regards de l'homme, il fit vers la maison à peu près une vingtaine de pas, retourna ensuite sur son contre sans quitter l'empierrement du chemin. L'homme souriait : il le voyait ruser, serrer ses pinces et choisir les cailloux avant d'y poser ses sabots. Il dépassa ainsi l'endroit où il avait descendu le talus ; et tout à coup, avec une soudaineté hallucinante, il s'envola vers le taillis, d'un bond en flèche oblique dont l'homme ne vit point la chute. C'était fait, il s'était rembuché. La gorge du piqueux se serra.

Quand il descendit du fenil, Grenou et Tapageaut somnolaient près de la fenêtre. Ils l'entendirent, levèrent les yeux vers lui. Il inclina le front sans rien dire.

Sept heures. Il fallait patienter. Du côté de la petite taille, les jacasseurs criaient toujours : le Rouge devait s'être couché, mais la tête droite et les sens vigilants. Les deux hommes continuaient à se taire. Ils savaient l'un et l'autre que toute hâte serait maladroite ; qu'il n'y avait, pour le moment, rien d'autre à faire qu'à patienter en écoutant crier les geais. Le chien regardait La Futaie et par instants lui léchait la main.

« Il passera par la joncheraie d'en haut. Il contournera les étangs. Il rentrera dans la futaie de hêtres. C'est du côté de l'allée des Mardelles qu'il faudra prendre les grands devants. Par ici, Grenou me l'a promis : quand je serai parti pour quêter avec le chien, il s'assoira devant sa porte, et il surveillera le chemin. La brise reste haute, loin de terre. Mais s'il prenait, quand même, le vent du trait, ce serait par l'allée des Mardelles qu'il sortirait de la futaie. »

— Quelle heure ? demanda Grenou.

— Bientôt huit.

— Vous avez le temps.

« Deux heures encore avant le rapport. Le rendez-vous est à la pointe des Orfosses, en limite de la Bouverie. Je demanderai qu'on mène les chiens, au couple, par la petite route de bordure. Elle rejoint le vieux chemin à un demi-kilomètre d'ici. Nous reviendrons sur mes brisées. Il faudra découpler à l'endroit juste où je l'ai vu sauter. Une voie froide ; mais mon Tapageaut fera suite. »

— Son fort… dit Grenou dans un souffle. Je ne peux plus marcher, bonnes gens. Mais il y a des moments, je vous jure, où je le vois du fond de mon lit. C'est le matin, quand de toute la nuit je n'ai pas pu dormir un somme. Alors, la fièvre, elle me fait voir des choses dans la forêt, qu'un homme qui marche ne verrait pas. Son fort. Je l'ai vu de mon lit, sans bouger, à l'heure où il tourne autour, rentre et sort, change ses reposées. C'est en plein milieu des Orfosses, une fois passé le ravinet où serpente le ru des étangs. C'est presque dans le clair, une bouillée de petits aulnes serrés, tout près, tout près de la chambre de feuilles où sa mère l'a mis au monde. Vous vous rappelez ? Vous l'avez vu aussi, le faon rouge. Eh, bien ! c'est là ; je suis sûr que c'est là.

« Et moi aussi, songe La Futaie. La fièvre… Des choses qu'on voit, dont on est sûr. »

Il s'est levé. Le Tueur murmure : « Laissez le chien à la maison ».

La Futaie, seul, suit le vieux chemin dans la frange d'herbe qui le borde. Le soleil est déjà haut et fort, les dernières gouttes de la rosée tremblent au creux des folioles. Voici la place où il a sauté. C'est inutile de chercher le volcelest, La Futaie a pris ses repères : un cornouiller sanguin et une touffe de saule argenté. Il ne brise pas, de peur que le craquement d'une branche n'aille émouvoir la bête cachée. Il raie la terre de la semelle, deux traits en fer de flèche dont la pointe indique la rentrée. Et, cela fait, il écoute l'espace.

Rien ; la rumeur d'un matin d'automne, les cognées lointaines des bûcherons vers les pins du Chat-Sauvage, le claquement de roues d'un fardier : la forêt d'automne au matin, quand le soleil va dépasser la cime des arbres ; un rouge-gorge qui boit dans la feuille d'une grande consoude, et qui, la tête encore renversée, lance vers la lumière un petit sifflement vif et pur.

« Il a dû attendre, couché, que son pelage eût séché au soleil, se remettre debout et s'avancer jusqu'au bord de la taille pour y épier une dernière fois. Maintenant il est parti vers les étangs et la joncheraie. Il est tranquille. Les pies, fatiguées de le suivre, sont retournées vers la lisière. Il va ; il entre dans les joncs ; il reprend le couvert sous les grands hêtres de la futaie. Ah ! encore des jacassements, là-bas, des claquements d'ailes dans les cimes. » L'homme, en regagnant la maison, les entend, les situe à coup sûr vers le ravin où serpente le ru. Un nouveau regard à sa montre : neuf heures bientôt ; les instants vont compter. Mais le Rouge est encore debout : il faut attendre ; il faut attendre.

« Il est remis, a dit enfin Grenou. Maintenant, vous pouvez faire l'enceinte. Méfiez-vous sur l'allée des Mardelles, vous y serez à mauvais vent. »

La Futaie, rapidement, passe la botte au cou de Tapageaut. Le grand chien s'est dressé et commence à tirer sur le trait.

« Je vous dis ça… poursuit Grenou. Vous le savez aussi bien que moi. D'ailleurs, le vent… on ne voit pas remuer une feuille. »

Aider Grenou, le soutenir dans sa marche d'infirme jusqu'au tronçon d'arbre moussu, crevassé, couché dans les orties contre le mur de sa maison ; serrer cette main livide et moite, la serrer maintenant sans dégoût, avec l'envie de dire merci. Et désormais…

« Va devant, Tapageaut. »

Une heure encore, on a juste le temps. Ce qui importe, c'est de rester calme, de refréner avant qu'il ait grandi ce petit tremblement intérieur. Voici la route de bordure entre les Orfosses et Cropechat, le carrefour du rendez-vous, la longue allée droite des Mardelles. Pas de vent. On va dans l'herbe souple, sur la mousse silencieuse. Tapageaut emporte bien le trait, flaire de haut nez sans ralentir son train. À cette allure, on a sûrement le temps. On tournera l'enceinte des Orfosses par la route du Chat-Sauvage, puis par le chemin de la Guette, jusqu'à l'endroit où il franchit le ru au sortir de l'Étang-Bas. Que marques-tu, mon chien ? Une voie de biche, celle d'un daguet qui marchait derrière elle ? Quoi encore ? La trace d'un cochon quartannier. Fi de ça ! Lui, notre Rouge, il est au fort. Nous ne le trouverons pas sorti. Va devant, l'ami, va devant…

Il n'était pas tout à fait dix heures quand La Futaie, ayant achevé sa quête, remonta l'allée des Mardelles. Il vit de loin les habits rouges, les chevaux tenus en main, la nappe blanche et feu de la meute. À ce moment seulement, il pensa qu'il avait oublié de se mettre en tenue d'équipage. Il était en brousseur de fourrés, de vieux houseaux serrés à ses jambes, une casquette délavée sur la tête, et sur le dos un tricot de laine décoloré par les intempéries. Il eut un geste d'insouciance, un sourire ; mais il pressa le pas davantage pour achever de gravir la pente.

Il arriva, mit sa vieille casquette à la main, marcha droit vers le maître sans un regard pour les veneurs qui se tenaient autour de lui.

« Monsieur… » dit-il.

Ce n'était pas sa voix accoutumée, le ton modeste et réservé qu'il prenait pour dire ses rapports. Tous ceux qui étaient là le regardaient, déjà stupéfaits : cette irruption juste au dernier instant, cette tenue presque débraillée, ces joues chaudes sous l'ombre du poil, ces yeux brillants d'ardeur et de joie… Sa poitrine se soulevait avec force ; il avait ramené le trait, tenait contre ses jambes le grand limier aux reins frémissants. Tous deux, devant ces hommes et ces femmes qui achevaient à peine leur toilette, qui venaient d'arriver au volant de leur voiture, apportaient une odeur sauvage, de sueur, de plein bois, de poursuite. Leur seule apparition faisait se lever la forêt, une forêt qu'ils n'avaient jamais vue, avec ses profondeurs énormes, ses fourrés silencieux et secrets, ses bêtes aussi, on ne savait quelle bête entre les bêtes, dont la présence tout à coup révélée avait donné à ce chasseur, à ce chien, cette espèce de beauté barbare dont tous les yeux étaient frappés. Les bavardages s'étaient tus. Dans la meute, quelques chiens gémirent.

« Monsieur, dit La Futaie, ou mes yeux et mon limier me trompent, ou je me crois… »

C'étaient les mots rituels du rapport. Il s'arrêta, l'haleine lui manquait. Était-ce d'avoir monté si vite la longue pente des Mardelles ? Il entendit seulement alors, comme prononcés par une voix étrangère, les mots mêmes qu'il venait de dire. Alors il rit, de ces mots ridicules. Sa poitrine respira librement, puissamment. Et il lança d'une voix claire et vibrante :

« J'ai détourné le grand cerf rouge ! »

V

OUT LE MONDE L'AVAIT ÉCOUTÉ. CHACUN, À MESURE
qu'il parlait, avait senti que son ardeur s'insinuait dans
son propre sang, le rendait presque semblable à lui. Il était le
premier, il apparaissait comme un chef. Le maître, d'abord,
avait tenté de résister. Il avait rappelé ce que les autres valets
de limier avaient donné dans leurs rapports : un grand daguet,
un cochon quartannier. Mais il avait aussitôt perçu, autour
de lui, un repliement des attentions, un retrait froid, déjà
hostile. Par contre, dès que le chef piqueux répondait à ses
objections, c'était fini, la même chaleur passait dans l'air,
vibrait dans le soleil du carrefour.

« Hé ! vous verrez, monsieur, trancha soudain la voix
ardente. Attaquons, et vous verrez. »

D'autres voix firent écho, et d'abord celles des jeunes
femmes : « Oui, oui, nous devons attaquer ! »

Le maître se retourna et sourit à ses invités : « C'est bon,
je suis vaincu d'avance ».

Il avait souhaité sa défaite. Commes les autres, dès le premier instant, la vision du grand dix-cors rouge l'avait saisi
et ne s'était plus effacée. La sagesse... Il s'agissait bien de
sagesse ! Il n'était que de voir tous ces visages déjà tendus, ces
yeux aussi brillants que les yeux de La Futaie ; de sentir en soi

cette chaleur qui venait lui brûler les joues, ce frémissement des mains comme au début d'une maladie.

— Vous le voulez? C'est une folie. Rappelez-vous ses forlongers… Même si nous le lançons, si nous avons cette chance invraisemblable, il se forlongera de nouveau.

C'était un retranchement dérisoire, une tentative rechignée contre son propre désir. Il fut heureux d'entendre La Futaie qui forçait ses derniers scrupules :

— J'y ai songé, monsieur; j'ai bonne mémoire. Cette fois on le verra passer : tout au long de son parcours de chasse, des Cercœurs à Fauboulois, jusqu'aux Alleux, jusqu'à la rivière aux Ramiers, il y a des guetteurs qui l'attendent.

— Et qui cela?

— Des gens à moi. Des bûcheux, des laboureurs, des gens qui aiment aussi la chasse.

Le maître serra un peu les lèvres, haussa ses sourcils grisonnants :

— Mais dites-moi. Si je vous comprends bien, La Futaie, vos gens, à l'heure qu'il est, sont alertés, sont à leur poste?

— Ils y sont en effet, monsieur.

— Mais alors, poursuivit le maître – et ses yeux, avec l'étonnement, exprimaient de l'admiration – mais alors vous aviez prévu que vous détourneriez le Rouge, et que ce serait ce matin?

— Je l'espérais, monsieur, dit simplement le chef piqueux.

Il venait de reprendre le ton modeste et réservé qui lui était habituel. Le maître ouvrit les mains, hocha une ou deux fois la tête :

— Mes compliments, dit-il enfin.

Et aussitôt il fit un signe pour qu'on avançât les chevaux.

Entre le cornouiller sanguin et la touffe de saule argenté. Voici la raie en fer de flèche. Rien qu'à voir l'élan de Tapageaut, La Futaie a été sûr qu'il ferait temps de beau chasser. Le ciel était pour lui, les feuilles mortes, le terreau des bois, ces mystérieux caprices de l'air qui échappent à notre entendement, à nos sens, et qui, par deux matins semblables, affinent le nez des chiens ou les privent de sentiment. Une voie refroidie de quatre heures, et tout de suite cette franchise sur le droit, cette façon assurée de filer sous le couvert. Même Clairaut, même Olifant, partis pour rapprocher à la suite du vieux limier, empaumaient sans balancer et montraient qu'ils en voulaient aussi.

« Au coute ! Au coute ! »

Il est en selle. La Branche, le second piqueux, l'accompagne seul dans le taillis. C'est un homme jeune, sobre, taciturne, au corps maigre et résistant. La Futaie sait qu'il aime son métier, ses chiens ; qu'il l'admire sans jalousie et qu'il lui serait dévoué. Mais ce matin La Branche n'est qu'une ombre qui chevauche à son côté ; derrière lui, car il prend les devants pour ne plus voir que les arbres, les feuilles, la clairière des étangs où l'eau brasille sous le soleil, les joncs fauves qu'il va traverser et les chiens qu'il faut appuyer.

« Va devant, mon Tapageaut. »

Un retour : le limier a coupé la voie, l'a retrouvée en deux pirouettes rapides, affairées. Son fouet commence à tourniquer. Un hourvari : ce n'est que le premier. Tapageaut redresse avec la même aisance, reprend le droit, suivi par ses deux compagnons. Ici, le Rouge a longé la lisière jusqu'à la joncheraie d'en haut; mais au lieu de la traverser, il est rentré dans le taillis comme pour rejoindre le vieux chemin. La Futaie hésite un moment: il sait que la voie de la bête va revenir en se doublant; qu'elle va sûrement, un peu plus loin, piquer droit vers la joncheraie. Combien de méandres encore? S'il laisse les chiens les suivre tous, il y en a pour une grande heure. Quand le Rouge prendra son parti le jour sera plus qu'à mi-course. Une poursuite de quinze lieues lancée à travers tous pays, le soir sera tombé avant qu'on ait rallié la meute près de la rivière aux Ramiers. Ah! ce n'est pas la peine de se sentir ainsi transporté, de voir les étangs et les arbres dans cette lumière de rêve heureux, d'être poussé sur les chemins des bois par ces transes ineffables de visionnaire et d'inspiré, si c'est pour se plier encore aux exigences d'une tradition médiocre, pour ramper dans de vieilles ornières. Regarde plus haut, La Futaie, dans la clarté qui danse au-dessus des étangs; et va devant, toi aussi, va devant!

Il se dresse sur ses étriers, pousse son cheval vers la joncheraie:

« Ho! Tapageaut, c'est bien de lui. De lui, de lui, du grand cerf rouge. »

Sa joie monte, danse dans sa poitrine. Le ventre de la bête a couché les pointes des joncs. Par-dessus le ru, mes valets! En amont, il l'a suivi dans l'eau! Et droit au fort, il est par-là!

Il élève son cor et l'embouche, sonne de toutes ses forces le ton de quête qui appuie les chiens. Tapageaut flaire les branches, flaire les fougères, le battement de sa queue s'accélère, il va sans jamais ralentir, lui aussi comme tiré en avant par une vision qui danse entre les arbres. Et Gerfaut, Olifant le suivent, lui obéissent avec une confiance ardente, allongent leur trot en légers bonds qu'ils coulent par-dessus les fougères, à travers les cépées de hêtres. La Futaie sonne encore une fois. La Branche sonne, à dix pas derrière lui.

Toutes les Orfosses en retentissent, jusqu'aux carrefours où les veneurs surveillent les lignes des allées. Il n'y a qu'à brousser tout droit, en sonnant, en sonnant encore. Sur la pente du ravinet, à une place où les hêtres s'écartent, il reconnaît de petits aulnes serrés, des sureaux, des prunelliers. C'est là que le faon rouge, renversé par la biche en fuite, palpitait sous la retombée des feuilles. C'est là que le chiot Tapageaut, vacillant sur ses pattes trop grasses, s'étranglait d'aboiements aigus. Il s'en souvient, le vieux vétéran, sa gorge commence à frémir : une plainte brève, un gémissement de joie. Il bondit, il plonge dans le fort. Dix ans passés, depuis le dimanche d'été où nous allions tous les deux sur cette pente, en plein cœur des Orfosses-Mouillées. Alors elles étaient vives en bêtes. Combien en avons-nous forcées, mon chien ? Dix ans… C'est lui que nous allons revoir.

Ce grand cri, ce hurlement farouche, exultant… Il a parlé ! Vous l'entendez, vous autres ? C'est la gorge de Tapageaut ! Et ma voix, mon appel qui jaillit, qui se prolonge à travers la hêtraie, loin, loin, plus loin, jusqu'aux allées. Taïaut ! Tu cries aussi, La Branche ? Plus fort encore, nous l'avons vu bondir. Tout de suite il s'est mis debout. Il a fracassé des rameaux, renversé ses bois sur son cou. Et déjà – vois-le sous les hêtres – il perce, il monte vers la Bouverie !

La Branche est pâle comme La Futaie. Les trois chiens se récrient et font suite, à la vue, en hurlant comme une meute entière. Les deux piqueux galopent derrière, sonnent le lancé en pleine course, haussant le coude pour écarter les scions qui leur flagellent quand même le visage.

« C'est votre cerf, halète La Branche. Vous l'aurez, vous le servirez… »

La Futaie, sans lui répondre, pousse son cheval et le distance encore. Il veut revoir le Rouge là-haut, dans le clair, avant que les vieux hêtres gris aient refermé sur lui les rangs profonds de leur colonnade. Il sait qu'il va disparaître à ses yeux, aux yeux de tous, que pendant la journée entière il va poursuivre une bête invisible, de plus en plus lointaine sur les voies de son forlonger. Le voir encore, arriver à temps sur le faîte : une seule gorgée pour cette soif… Joie des yeux, bonheur de tout l'être ! Il a pu le revoir dans sa course, son beau cou ployé en arrière, sa large ramure renversée. Son cheval souffle entre ses jambes, il lui claque doucement l'épaule en attendant que La Branche le rejoigne. Trois minutes depuis *Le lancer,* et *La vue* sonne vers l'allée des Mardelles, presque aussitôt vers la route de bordure : il a coupé la pointe de la Bouverie, il perce déjà vers la plaine à travers Cropechat, les Cercœurs. Que l'on découple ! C'est la première lieue.

La Futaie galope dans l'allée, galope dans les layons pour lancer la meute découplée, pour l'attendre et l'appuyer. « Hao-hao-hao, à la voie ! » Sa mélopée pousse les grands forceurs. Les trois rapprocheurs sont en tête, jaloux de garder leur place. Clairaut, Sonnante leur hurlent aux talons ; et quarante gueules en frénésie bahulent par-dessus les allées, à travers les enceintes où le Rouge a déjà passé.

Le premier, rester le premier. La chasse suivra de guetteur en guetteur. Ce sont les chiens qui comptent désormais, la meute blanche et feu devant moi. Pas de change, pas de défaut, droit devant. Et La Futaie galope par la plaine, pousse son cheval vers le Haut-de-Mille-Lièvres, le Loup-Pendu, le bois des Armes. Pas de relais, pas de vieille meute! Les chiens qui baisseront de pied, on ne les ramènera pas. C'est Tapageaut qui est en tête, et les meilleurs sur ses talons. Un vieux chien, un vieux piqueux : les premiers... Et puis les autres, s'ils ont du cœur.

Les arbres, leur ombre, des trouées de soleil, des fûts moussus, rugueux qui défilent en tournoyant, un bouleau clair frangé d'une ombre mauve, une grande allée, celle de l'Oisellerie, une chênaie, la Cheminée-Verte. Le temps est doux, lumineux et moite. La Futaie, sur ses bras durs, relève les manches de son tricot. De loin en loin il se retourne sur sa selle et sonne un rapide bien-aller.

À la Fontaine-Pierrée, il retrouva le premier guetteur. L'homme courut au-devant de lui, un grand gaillard à la moustache flottante, qui d'avance lui montrait la route vers les charmes des Écossoires.

— Il a passé. Il faisait du feu.

— Combien de temps?

— Un quart d'heure sur la meute.

— Merci, François.

Et il a piqué vers les charmes. La joie était toujours en lui, un immense élan continu qui le soulevait à travers l'espace. Ajax, son demi-sang, devait sentir son exaltation. Il n'avait pas besoin de le pousser. Une sueur légère qui blanchissait la croupe ; mais il soutenait un grand trot facile, efficace, dont les ondes souples se gonflaient, renaissaient, au rythme même des pulsations qui battaient dans le sang de l'homme. Verts de mousse, tigrés de lichens fauves, bossués de loupes, chenus et magnifiques, les ormes de Toulifaut passèrent. Au-delà, c'était la grande plaine que traverse la rivière des Alleux. À la lisière de Toulifaut, près de la plaine, le second guetteur attendait.

— Il a passé ?

— Il a passé.

— Frais encore ?

— Un démon rouge.

— La meute ?

— Vingt minutes après lui. Ça tenait, Tapageaut en tête.

Le plateau monte en pente douce jusqu'à la faille de la vallée. Des guérets moissonnés, les premiers labours de l'automne ; quelques petits choucas, un feu rose moirant leurs ailes noires, qui tournent au-dessus des sillons ; et le soleil, le vent léger, le ruissellement de l'air sur le visage et les bras nus. Bien-aller ! La Futaie sonne avec tant de force qu'on doit l'entendre de l'Oisellerie. Et droit devant à travers la grande plaine, jusqu'au faîte du long plateau, jusqu'à ce dévalement rapide, ce gouffre d'air bleuâtre où la rivière sinue entre les saules ! En bas, coupant le scintillement de l'eau, le Pont-aux-Chiens bombe son échine de pierre. Et sur le pont, juste au moment où il parvient au faîte, La Futaie voit la meute grouillante, une grappe serrée qui traverse en glissant, accroche le versant opposé, et grimpe, grimpe, toujours serrée. Ah ! Ils en veulent ! Ils brûlent aussi la plaine !

La tête de meute fait une pointe en avant, serre sur un seul chien qui hale, qui fonce et qui emporte tout. Loin, loin, une ligne bleue se recourbe, ourle le bord de l'horizon : c'est Fauboulois, où je vais plonger tout à l'heure.

Quand il arrive au pont, un guetteur se lève devant lui.

— Tu l'as vu toi aussi, le Jean ? Il a pris l'eau ?

— Il a passé raide sur le pont. J'ai dû m'écarter devant lui.

— Malmené ?

— Il m'aurait foulé.

— Combien d'avance ?

— Une demi-heure.

Il gagne, mais Fauboulois est proche. Il ne fera pas encore nuit quand les chiens, La Futaie derrière eux, déboucheront de Fauboulois sur la profonde rivière aux Ramiers. Alors le soleil sera fauve sur le fouillis des ronces et des rocs. Alors le Rouge aura pris l'eau, embrouillé ses ruses sur les berges. Une heure de jour encore, rien qu'une heure pour quêter dans le roncier sauvage, dans le chaos des rocs éboulés. Une heure de solitude avant l'arrivée des veneurs, leurs mots futiles, pareils au jacassement des geais à la lisière de Fauboulois.

Encore des arbres, des nappes d'ombre, de longs traits de soleil qui peu à peu s'inclinent sur leur pointe. Au milieu de cette autre forêt il y a une étoile de huit routes, un homme debout qui le voit arriver, s'élance vers lui en agitant les bras.

— Il a passé ?

— Par les Coudreaux, droit sur la rivière aux Ramiers.

— À l'ouvrage ?

— Même pas, La Futaie ! La tête fière, de grandes allures droites.

216

— Les chiens loin?

— Ils devaient perdre encore.

— Merci, le Pierre.

La Futaie songe en poursuivant sa course : « Il allonge sa pointe pour ruser, pour avoir tout son temps quand il atteindra la rivière. Mais là-bas j'ai trois hommes à l'espère, trois paires d'yeux bien réveillés. Du diable s'il ne se laisse pas voir, le cerf rouge, si grand dans le soleil couchant.

« Écoute… Le soir fraîchit, le serein se lève sous les arbres. Écoute… C'est le récri des chiens. *Bien-aller*! Pour qui sonne le cor? La Branche lui-même est loin dans la plaine. *Bien-aller*! Le cor sonne pour le Rouge, pour les chiens qui hurlent là-bas. Vers Tapageaut, Gerfaut, Olifant, le cor répète : « À vous! J'arrive! » Vers les trois hommes qui guettent là-bas, le cor infatigable lance son appel dans l'étendue : « À vous! J'arrive, je suis là! » La voix mâle monte sous les derniers arbres, le grand cri d'une poitrine en sueur, haletante un peu, chaude de l'enivrante poursuite.

« Hao-hao! Je vous entends, mes chiens! Hao-bao! il a passé. Mais nous le remettrons sur ses jambes! Et à la voie! C'est la même chasse, la chasse du Rouge qui continue! »

VI

MINUIT. SUR L'AIRE, DANS LA GRANGE DE LA FERME, La Futaie a piqué une chandelle au goulot d'une bouteille vide. Derrière le mur, au fond de l'écurie, il entend Ajax s'ébrouer. La Branche et les valets dorment là-haut, dans l'épaisseur du foin. Les veneurs et les chiens se reposent à La Moinerie.

Quand on veut vraiment quelque chose, on l'obtient : on relancera demain matin, de meute à mort. Depuis la tombée de la nuit, La Futaie, dans la grange du Fouinier, songe et médite. Il n'est pas las, il n'a même pas sommeil. C'est maintenant qu'il lui faut se contraindre, brider en lui cette impatience qui revient, ce tressautement des nerfs qui se rebellent. Heureusement la confiance demeure, la même certitude profonde, la même joie.

Le Rouge, comme il l'avait prévu, s'est forlongé sur l'autre bord de la rivière. Lui aussi, dans sa reposée, il se recueille et répare ses forces. Dans le calme, c'est une bête sage. Il y a ce pelage mouillé, ces jambes raidies par le froid de l'eau. Il se réchauffe, il laisse les ondes de son sang courir à travers toutes ses fibres. Il a moins froid, son poil fume et sèche. Dans le calme… Il écoute le silence de la nuit. S'il pense encore aux cris des chiens dans la forêt, dans la plaine, il écoute davantage le silence. Il mange, couché, les feuilles qui le recouvrent. Le temps passe, la lente, l'apaisante nuit, pendant que son corps se réchauffe et que la force, peu à peu, revient combler l'épaisseur de ses muscles.

« Sur l'autre bord de la rivière. » Cela ne faisait pas de doute. L'un des trois hommes l'a vu prendre l'eau, à la place même où les chiens de la meute ont tout à coup perdu la voie. Un courant raide, de longs remous luisants : il s'est laissé porter en dévalant, sans même prendre la peine de nager. À quelle distance ? Un autre des guetteurs a cru l'apercevoir bien plus bas, deux grands kilomètres plus bas, sous les touffes d'osier de la berge. Il ne l'a pas vu remonter. Mais le troisième, le Viron du Fouinier, n'a pas failli à la confiance que La Futaie avait mise en lui. Il a parlé, et aussitôt une grande image s'est levée devant les yeux de l'homme : par-dessus la rivière, dans le vide, un dix-cors rouge qui saute vers l'abîme, et rebondit dans une gerbe d'écume.

— Ici, Viron ?

— C'était juste ici.

Le reste, ce n'est que temps perdu, corvées expédiées dans un songe. Il a fallu, comme le matin, palabrer et convaincre encore. Mais la promesse qu'il a jetée au maître, de relancer à l'aube prochaine, il la tiendra : c'est d'abord à lui-même qu'il l'a faite. Il s'est hâté de répartir ces gens, ces bêtes, de faire rallier la meute par La Branche et les valets, d'expédier un courrier au château de La Moinerie. Les veneurs riaient de pareille diligence. Il s'en moquait, il avait arraché le consentement qu'il avait voulu.

Tout cela est passé, oublié. La Futaie, assis sur l'aire près de la chandelle vacillante, s'est longuement recueilli dans le calme et le silence avant de repartir en chasse. Quand les premiers veneurs, sur leurs chevaux fourbus, avaient surgi dans la nuit tombante, c'était fait : il avait écouté Viron, cheminé avec lui sur l'extrême bord de la rivière, scruté ses longs remous luisants et les broussailles de la rive opposée. Il avait ramassé des cailloux et les avait lancés roidement dans les spires couleur d'étain. La tête penchée, il avait écouté le son claquant, le heurt dur de leur chute, et de nouveau regardé les broussailles à la crête de la berge adverse. Et d'autres images étaient nées, qu'il avait retrouvées une à une dans le silence de la ferme endormie. Le lumignon brillait à faible flamme. Sa clarté ne le gênait point. Elle tremblotait à son côté, assez réelle pour garder sa rêverie de glisser vers le sommeil, pas assez vive pour faire pâlir les images. À présent, il pouvait dormir. Il s'accordait quatre heures de sommeil.

« Dors, mon chien. Ce n'est que moi. »

Dans un coin de la grange, sur quelques bottes de foin que Viron a jetées d'en haut, le limier dort profondément. Quand La Futaie s'est approché, il a vaguement soulevé ses paupières ; de grosses rides parallèles lui ont bourrelé la peau du front ; et dans la brume fauve de ses yeux, ardente et douce, une lueur d'amitié a brillé.

« Dors, mon chien. »

Le grand limier soupire et referme les yeux. Lui aussi, c'est une bête sage. La Futaie s'allonge près de lui, éteint entre ses doigts la flamme de la chandelle, ferme les yeux, s'endort profondément.

Quand il s'éveille, il fait nuit encore. Mais il sait que l'heure est venue. Et Tapageaut le sait aussi, qui s'étire en même temps que lui, saute sur pied en se secouant. On s'étire une seule fois, le corps chaud. Les bras, les jambes sont redevenus souples, les dernières fumées du sommeil se dissipent en un instant. Et, quand on se glisse dehors, dans la nuit froide et transparente, la goulée d'air que l'on aspire dilate puissamment la poitrine.

La lune s'incline à l'occident ; les étoiles brillent d'un éclat plus vif, un peu rouges, un peu vertes, un peu bleues. On entend bruire la rivière.

« Viens, mon chien. »

Il faut passer par l'écurie, allumer une lanterne tempête, seller Ajax, passer la botte à Tapageaut. Ce réveil est force et jeunesse. Dans la touffeur de l'écurie où bougent les croupes de percherons, juste au bord de la porte entrouverte, on sent toujours la fraîcheur de la nuit, l'immensité scintillante du ciel, la longue rumeur de l'eau courante. Délicieuse plongée dans l'espace, battements du cœur que gonfle la joie de la veille, divine légèreté retrouvée ! Le trot du cheval le soulève, le chien suit à toucher l'étrier sans que le trait se raidisse jamais. On pourrait franchir la rivière au gué de la Carderie ; mais l'eau est froide, les bêtes pâtiraient : mieux vaut faire le détour par le pont du Marchais-Sec.

Déjà le pont. La Futaie est content de lui, content du grand trotteur qui l'emporte. Il ne l'a pas éperonné une seule fois ; il n'a plus senti dans ses nerfs les tressaillements qui l'ont inquiété cette nuit. Ils passent le pont. Une légère pression de la rêne, et le cheval, comme s'il comprenait, tourne à main gauche et remonte la rivière. Tapageaut, tout en courant, commence à lever haut sa truffe et flaire le petit vent de l'aube. La lune, droit devant eux, touche le bord de l'horizon, s'échancre de seconde en seconde, n'est plus qu'un fil, a disparu. Mais la nuit, loin de s'obscurcir, s'emplit d'une pâle clarté diffuse où les étoiles vacillent et s'éteignent. Le temps ne va que son chemin, moins vite que l'homme et le limier sur la route de leur chasse matinale. À leur gauche tout à l'heure, maintenant à leur droite et de plus en plus près, la rivière bruit sur les rocs. La sente divague, s'efface sous l'invasion des ronces. Ajax bronche contre les pierres. L'homme l'arrête et saute à terre.

« Doucement, mon chien. »

Il attache le cheval à un petit arbre tors, montre au limier le fourré rocailleux. Et, de tout près, d'une voix ardente et basse : « Là-dedans, Tapageaut. Va outre. »

Ils s'enfoncent dans le chaos sauvage, plongent à travers les lianes barbelées, dévalent sur les éboulis. La rumeur du courant s'est éteinte. Plus d'autre bruit que le raclement des épines contre les houseaux de l'homme, le halètement du chien qui tire, qui sent la chair, qui va gémir. La Futaie secoue durement le trait, le ramène irrésistiblement : « Tout coi, vilain ! »

Il prend dans ses deux mains la gueule de Tapageaut, la lui bloque. Le silence reflue aussitôt, une ample vague qui sent le froid de l'aube. Mais peu à peu, aux oreilles de l'homme immobile, ce silence devient un murmure grave, profond, un grondement continu, monotone, dont la terre frémit sous le corps.

« C'est juste ici » a dit Viron. À travers l'épaisseur de la terre, La Futaie écoute avidement la voix profonde de la rivière. Elle s'anime, elle s'élève et retombe. Il y perçoit des éclats furieux, des espèces de soupirs grondants qu'accompagnent des chocs de bélier, presque des cris, de longs sifflements d'eau qui fuse, et puis s'étale, pour un moment calmée, dans un frais et glissant ressac. C'est ici que la table de roc affleure sous le courant rapide. C'est ici que le Rouge a sauté.

« Tout coi, bellement… »

Il peut lâcher la gueule de Tapageaut : le limier ne parlera pas. Mais lui aussi, La Futaie l'abandonne, l'attache à quelque branche solide. Sur le chemin qui reste à parcourir, il n'a besoin que d'être seul.

Les gens de ce climat nomment ce trou la Porte-d'Enfer. C'est bien nommé. On s'enfonce dans une gueule ouverte, ces pierres tranchantes sont comme des dents, une haleine froide monte du fond du gouffre. Doucement, sans bruit… L'homme s'arc-boute des talons et des mains, rampe sur le dos d'appui en appui : un talon, une main ; il faut alors que les reins se soulèvent, que le corps s'enfonce un peu plus, sans froisser les épines, sans faire rouler un caillou. Le talon opposé, l'autre main ; de plus en plus doucement, silencieusement. Le jour vient, les lambeaux de clarté qui passent à travers les broussailles luisent sur l'arête d'un rocher, sur le plat d'une feuille de ronce. Il fait moins froid. Un calme extraordinaire se répand, s'étale et règne.

L'homme est en bas, sur la terre moite, marbrée de petites mousses vert-noir. Il demeure accroupi derrière un épaulement de roc, immobile comme la pierre contre laquelle il plaque ses mains. Très lentement il avance la tête, parcourt des yeux le fond du gouffre. En face de lui, un peu à gauche, une fissure ouvre un trou de ténèbres sous une énorme dalle oblique. Il n'y a guère plus de cinq pas jusqu'à l'entrée de cette caverne. Mais l'ombre qui l'emplit est d'une opacité noire, un bloc de nuit sous le bloc de roche en surplomb. Quel silence! Le sourd grondement de la rivière redevient une rumeur lointaine, si monotone qu'on ne la perçoit plus. L'homme ne respire qu'en retenant son souffle. Il regarde toujours, devant lui, la noire tache triangulaire. Il suit des yeux, sur la terre plane, le trajet qu'il devrait accomplir pour atteindre cette tache et se pencher dans l'ombre impénétrable. Un pas ici, en se coulant derrière cette ronce; un second, à l'abri de cette viorne pendante… C'est impossible, les feuilles remueraient. Il demeure sans bouger, les yeux tendus, les mains peu à peu engourdies par le froid mouillé de la pierre. Le jour grandit, éclaire le sol d'argile jaunâtre, les moisissures vertes qui le marbrent. Les veneurs et la meute doivent avoir franchi la rivière sur le pont du Marchais-Sec, approcher de la Croix-Ferrée où il leur a donné rendez-vous. Si Ajax entend les chevaux, il va hennir de leur côté. Es-tu aveugle, La Futaie? Presque sous ta semelle, cette empreinte… Une autre encore un peu plus loin. À présent il ne voit plus qu'elles, imprimées crûment dans l'argile, les pointes des pinces tournées vers la caverne. Toutes rentrantes! C'est le plus beau volcelest qu'il ait jamais vu de sa vie. Son cœur s'arrête et sa gorge se serre, comme à l'instant où il a vu le Rouge se rembucher dans les Orfosses, près de la maison de Grenou. Il regarde encore, il écoute. Les battements de son cœur reprennent. Et voici, aussitôt reconnus, la montée bondissante de la fièvre, l'enthousiasme, le délire lucide et joyeux, l'ivresse planante de la poursuite. Son corps ne pèse plus sur la terre, ses mains cessent de sentir la froidure râpeuse de la pierre. Mais, dans le même moment, il entend au fond du trou noir le souffle d'une bête qui respire. Et il voit, il voit dans cette ombre deux feux rougeâtres immobiles, les prunelles du grand cerf de chasse.

VII

« TAÏAUT ! JE L'AI REMIS DEBOUT ! JE L'AI DONNÉ AUX chiens à vue ! »

Maintenant ils mènent, derrière Tapageaut. Et, pour appuyer la meute, loin devant tous après une heure de chasse, un piqueux en tricot de laine, les bras nus, la gorge découverte.

« Hao ! Hao ! À la voie, mes beaux ! »

On est mieux pour crier, le cou libre. Comme hier le ciel est sans nuages, la chevauchée longue, le train fou. La Futaie crie, embouche le cor, crie encore, rit vers le soleil. Il a tenu aux chiens, le Rouge, avant de sortir du gouffre ! Il a fallu que Gerfaut le mordît pour qu'il débuchât dans les ronces. Mais alors, quelle hurlée des chiens à travers les éboulis ! Quelle grimpée du grand dix-cors bondissant par-dessus les rocs ! Les pierres roulaient sous ses sabots, allaient cogner au fond en tonnant comme des coups de fusil. Un démon rouge… Qui a parlé d'un démon rouge ? L'un des hommes qui guettaient sur sa route. Hier ? C'est le même jour encore, le même soleil, la même course. Elle finira, l'hallali est au bout. Mais il faudra un très long jour pour forcer le démon rouge. La Futaie rit encore, hausse les épaules en poussant son cheval. Il a passé comme une flamme devant les veneurs interdits. La meute découplée est

227

partie, les cavaliers ont rendu la main. Mais déjà La Futaie était loin.

Elle continue à percer droit, la bête, à percer jusqu'au bout du monde. Elle a tourné un peu dans les taillis de Belle-Sauve, juste le temps de décoller la meute. Et aussitôt un autre grand parti, les longues lieues à travers tous pays. Ne pensons plus à l'équipage, à ces gens qui croyaient encore mener une chasse pareille aux autres, à ce mince jeune homme blond qui s'écriait au bord du roncier, devant ce lancé foudroyant : « Donné aux chiens de cette façon… Il est pris ! Avant une heure il se rend, il est pris ! » Qui l'a donné aux chiens ? Qui le prendra, dans combien d'heures ? Il n'y a plus déjà, sur les routes d'un pays inconnu, qu'un seul chasseur sur la voie du cerf rouge. Le jour que j'attendais, c'est celui de ce radieux soleil, et c'est à peine s'il recommence.

Des champs, des boqueteaux, des taillis, de lentes lignes de coteaux qui montent, redescendent, des ruisseaux par-dessus lesquels l'homme enlève puissamment son cheval, entre ses genoux, ses cuisses dures. Et puis des prés enclos de haies où paissent de grands bœufs presque roses ; où quelques chiens, déjà, parchassent en gémissant sur des voies empoisonnées.

« Renfort ! Cadaut ! À moi, c'est par là ! »

Qu'ils me suivent, les vilains, s'ils peuvent. Le gros de la meute tient toujours. C'est beau chasser malgré les rangs de vignes, les haies serrées, les grillages de fer. De coteau en coteau, le terrain se déploie amplement. De faîte en faîte, La Futaie revoit la meute qui mène, deux chiens en pointe sur la voie. Gerfaut, qui a mordu le Rouge, montre une ardeur jalouse et veut supplanter Tapageaut. Mais le vieux chien ne baissera pas de pied. En plaine, au bois, il gardera la tête.

« Lumino! Léda! Prudente! »

Ces champs sont rêches et cailbuteux. Ces trois-là boitent, déjà dessolés. Tant pis pour eux, pattes tendres, cœurs sans courage! La chasse replonge sous le couvert, rebondit par la plaine et de nouveau s'enfonce sous les arbres. Les meneurs hurlent sans arrêt, jettent parfois un récri plus fort, une musique enragée qui leur remet le feu aux reins. Pas de défaut, La Futaie le savait. Il rit. Entre la bête et le vieux limier, un fil serpente à travers la campagne, un lien solide, que le Rouge ne pourra pas rompre. La chasse tourne, s'éloigne du soleil. Tout à l'heure il brillait à droite; maintenant il est derrière et le cheval trotte sur son ombre. Droit vers le nord! C'est pays inconnu. Encore des prés, des bœufs, qui paissent, de vieux saules penchés sur une rivière.

« Ho, vacher! As-tu vu la bête? »

La Futaie n'entend pas la voix qui lui répond. Le gamin, les yeux élargis, tient d'une main son mâtin qui gronde, gesticule de son bras libre. Il doit dire:

« Une bête grande, grande. Elle a passé comme un vent d'orage. Elle a sauté par-dessus la rivière. Par-là, vers le lointain pays. »

Ajax, cette fois, ne sautera pas. Il faut le pousser à gué à travers l'eau de la rivière. Heureusement c'est une eau dormante, elle n'est pas froide, le soleil séchera le cheval. Est-ce la chasse qui a tourné si vite? Est-ce le soleil? Il brille maintenant à notre gauche, haut dans le ciel. Il doit être midi. Le Rouge ne pointe plus vers le nord; il a tourné, les chiens derrière lui. Ça monte maintenant vers l'occident, sans ralentir, un peu plus vite encore. Comme ils crient, les hurleurs ameutés ! Deux gorges hurlent par-dessus toutes les autres, celles de Gerfaut, de Tapageaut ; et celle-ci, plus sonore encore, claire comme une cloche d'argent : Sonnante, la grande lice blanche, vient de parler sur une voie réchauffée.

Et tout à coup, au sortir d'un bois clair, le piqueux reconnaît l'horizon, les lignes bleues des futaies moutonnantes, la rivière des Alleux là-bas, l'échine ronde du Pont-aux-Chiens. Ce bois qu'il vient de traverser, c'est la Charmoise. Cette ruine drapée de lierre, avec des trous de ciel dans ses ogives démantelées, c'est la Cour-Dieu. Voilà pourquoi les chiens parlaient plus fort ! Bien avant l'homme, ils ont reconnu leur pays, les routes de leurs anciens parcours. Ça revaud ! Le Rouge rentre aux Orfosses ! Il était temps, Ajax faiblissait.

La Futaie lève son cor et sonne. À présent que le Rouge retourne, il s'aperçoit que son cheval bute, il consent à s'en apercevoir. Les grands devants par les Vieux-Fours ! Vite ! C'est là que la meute va passer. Il l'appuiera vers Belle-Étoile, à la crête du Bout-d'en-Haut. Et, quand la meute aura fait suite, il sonnera pour avertir La Branche. Il coupe, il monte au Bout-d'en-Haut. Les chiens parlent de plus en plus fort. Ils en veulent, ils ne lâcheront pas. Plus vite, Ajax ! Il faut arriver avant eux. Pas d'éperons à mes souliers, mais je te cravacherai, carcan ! Tire du cou, arrache la montée ! Là, là, c'est bien, tu peux souffler.

Il le flatte du plat de la main ; mais ce n'est qu'une caresse machinale, sans gratitude. Il lui en veut de l'avoir fourbu. Il voudrait galoper encore, fier comme le vent vers Cropechat,

les Orfosses et le vieux chemin. Alors, sûrement, il devancerait le Rouge, il le verrait peut-être encore. Et il pourrait parer au change, il maintiendrait la voie lui-même, devant les chiens. Hao-hao! Les voilà, les valets! Hao-hao! Leurs gueules lui hurlent au visage. « Tapageaut! Gerfaut! Sonnante! À la voie, mes beaux, mes amis! Il a passé, il remonte aux Orfosses! Au coute! Au coute! Hao-haooo… »

Trente chiens encore, serrés flanc contre flanc. Trente forceurs soulevés sur la voie. *Bien-aller*! *Bien-aller* vers la plaine, vers la forêt, aux quatre coins de l'horizon. À moi, La Branche! M'entends-tu?

Le cor lui touche encore aux lèvres, quand il voit sur la pente un cavalier qui grimpe vers lui. La Branche l'a entendu de loin. Il a suivi la chasse aux cris des chiens, au son du cor, et il a décidé de se porter au Bout-d'en-Haut.

— Au vieux chemin! lui crie La Futaie. Où sont les autres?

— Par-là, en bas, loin dans la plaine.

— Envoie quelqu'un, n'importe qui. Dis-leur que ça revaud en plein. Qu'ils coupent par le Tire-Bras, par Montapeine. Le Rouge rentre droit aux Orfosses. Il va chercher la harde, battre au change… Mais j'y serai!

Il saute à terre, montre la jument de La Branche:

« Allez, vite! Donne-moi Tant-Belle. »

Le second piqueux obéit. Quand il montait vers le Bout-d'en-Haut, il ruminait encore des choses qu'il voulait dire à La Futaie: que les veneurs n'en pouvaient plus; qu'ils n'étaient plus que deux ou trois à suivre la chasse de très loin; que c'était impossible de forcer une bête pareille; que le maître pestait, et qu'il avait bien raison, de voir crever ses chevaux et ses chiens. Mais que dire à un homme qui vous parle d'une telle voix, qui vous regarde sans vous voir, ses yeux luisants fixés bien au-delà, vers les Orfosses, vers le cerf rouge qui rentre aux Orfosses ?

Lui-même, tandis que La Futaie saute sur Tant-Belle et la pousse en avant, se sent gagné par son ardeur, par sa folie. Ah ! il faudra que les autres l'écoutent, et qu'ils le croient ! La Futaie est devant, La Futaie va parer au change, maintenir les chiens sur la voie droite. Et c'est Tapageaut qui mène.

Devant, tout seul, par le Haut-de-Mille-Lièvres, par Cropechat, La Futaie rentre dans la forêt. Grands hêtres des Orfosses, ru des étangs, fougères rousses sous le soleil d'automne, vous voici donc. Et le Rouge est au milieu de vous. "Là-dedans", c'est toute l'épaisseur des fourrés, des taillis, la pelouse au bord des étangs, l'eau dormante où foisonnent les joncs.

"Là-dedans", ce sont les routes que ses jambes ont mille fois parcourues, les passées sinueuses où son ventre a couché les herbes, où ses grands bois ont fait plier les branches. Il est là-dedans, remis pour son dernier parcours. Comme le Brèche-Pied, comme les vieux mâles d'autrefois, il vient taper dans les bêtes de la harde, mettre debout son écuyer.

Un long jour, traversé d'une longue nuit : mais le soleil est haut encore, et il est las, il va perdre courage. Comme le Brèche-Pied, comme les autres vieux mâles, il louvoie, il jette autour de lui des regards de colère et d'angoisse. De Belle-Étoile, il est descendu vers Cropechat, il a longé le vieux chemin, il l'a passé. Les chiens parlent là-bas, derrière la maison du Tueur. Ils approchent, ils touchent au taillis de l'autre côté des étangs. Quelle musique! Est-ce qu'ils l'ont rejoint? Est-ce que Tapageaut mène à vue? Allez, Tant-Belle! Il faut brousser.

Jamais il n'a été plus fort, plus dispos, plus joyeux et plus calme à la fois. Le taillis est serré, mais qu'importe. Il reconnaît les hurlements profonds de Tapageaut, les coups de gueule perçants de Gerfaut, la cloche claire de la lice blanche. Il se baisse sous les arceaux de branches, il pousse à travers les cépées le poitrail de la jument, il marche aux cris des chiens, il approche, les yeux tendus, le cœur déjà rebattant à grands coups.

Rien que des arbres, des feuilles jaunes, des feuilles rousses; le taillis n'a pas un tressaillement. Nul bruit, que celui des broussailles où il entre, le craquement des brindilles qu'écrasent les fers de la jument: les chiens viennent de se taire ensemble. Une prostration mystérieuse, un suspens brusque de toute vie viennent de saisir le cœur de la forêt.

L'homme s'arrête. Il reste lui-même immobile. Ses yeux continuent de scruter l'épaisseur muette du taillis, le four-millement inerte des feuillages. Mais il pourrait fermer les paupières. À travers cet écran de frondaisons et de soleil, il voit plus loin que ses regards: au-dessus des fougères, les têtes dressées des cinq biches en alarme, au milieu d'elles une paire de dagues fourchues; et là-bas, entre les baliveaux, une longue forme rouge sombre qui bouge, qui approche en glissant, se dévoile toute et fonce contre la harde.

Sa main se crispe sur le cor, mais il demeure droit sur sa selle, le torse rigide, les yeux fixes. La vision qui le hante se déroule dans le même silence. Une succession d'images vertigineuses, quelques secondes ; mais que cela est long, oppressant ! Il a donné des andouillers, repoussé les cinq biches et mis debout le Daguet-Fourchu. Ha ! Ha ! Il gratte la terre, le jeune mâle ! Le courage et la peur avivent l'éclat de ses beaux yeux. Est-il déjà si grand, si fort ? Presque aussi grand que le Rouge, autrefois, quand il a tenu tête au vieux roi des Orfosses-Mouillées. Il baisse ses dagues, il veut faire front. Mais la ramure du Rouge est trop large, trop chevillée. Son cou est puissant, son corps lourd : il faut céder, reculer devant lui, fuir pas à pas ses bourrades meurtrissantes. Quel chien parle ? Quel maudit chien ? Ah ! c'est Gerfaut, Gerfaut qui veut prendre la tête et qui risque de s'emporter. La Futaie tressaille longuement, se soulève sur ses étriers. Et soudain il pique en avant, il sonne deux ou trois tons de cor, précipités, violents, impérieux. Se tairait-il, ce braillard, ce menteur ? Quelques foulées de la jument, et le voici en plein dans la meute. « Ho ! Gerfaut ! Tout coi, jaloux ! À moi, Clairaut, Sonnante, Olifant ! À la voie à Tapageaut ! Tout coi, Gerfaut ! Ah ! les mauvais. »

Il a crié, le sang au front. Il a poussé sa jument en travers : mais la meute a coulé en s'ouvrant, à droite, à gauche, s'est refermée derrière lui, s'est élancée, suivant Gerfaut, dans le taillis. Trop tard, trop tard ! Elle vient d'empaumer le change, elle mène toute derrière le daguet. Toutes les gorges recommencent à hurler, c'est une nouvelle chasse qui part, désastreuse, haïssable, une chasse qui met le noir au cœur et qui fait courber la tête. Déjà vers l'allée des Mardelles, un cor résonne avec une allégresse odieuse. *La vue* ! Tout est perdu, jeté par terre : *La vue* pour une seconde tête ! C'est le daguet, le daguet fourchu! Et c'est cela qu'ils vont courre à présent, dégoûtés d'une poursuite trop belle, indignes, contents de leur indignité. Un *Bien-aller*! Ils peuvent être contents. Ils ont leur chasse, leur petit parcours familier. Qu'on aille chercher les dames au château. Il y avait maldonne, belles dames, on a lancé un grand dix-cors, un démon rouge de trop vaillante haleine, de courage trop ardent pour nous. Que d'excuses! Nous avons un joli daguet.

La Futaie a la poitrine lourde, le désespoir lui fait mollir les bras. Il s'aperçoit que le soir monte, que des ombres, déjà, rampent dans les fonds de la hêtraie, soulèvent leur crue au pied des énormes troncs gris. C'est un désespoir fade, écœurant, qu'il voudrait cracher hors de lui. La meute est loin, son charivari dérisoire tourne déjà vers la Bouverie. Il est seul au milieu des Orfosses. Lui faudra-t-il rentrer avec sa honte? Le long jour de soleil et de joie va-t-il sombrer dans cette noire solitude, dans la détresse d'une retraite manquée? Il se redresse, il semble grandir. Ses yeux brillent, un rire de jeunesse vient illuminer son visage : « À moi, mon chien! À moi, Tapageaut! » C'est un long hurlement, profond et rauque, là, tout près, à moins de vingt pas. Encore un autre, un récri exultant, une clameur que la joie fait trembler. Il s'élance, il voit le grand chien maigre au moment juste où il bondit dans les fougères. Il crie : « C'est de lui! Va outre, l'ami! » Et il sonne pour Tapageaut, pour lui-même, pour leur mutuel triomphe : car le Rouge a surgi du milieu des fougères, la tête renversée en arrière, et il repart, tout droit, dans un fracas de feuilles et de branches, à travers la sombre forêt.

La nuit vient, nous le menons, mon chien. Toi, tu le serres, tu lui souffles au poil en hurlant. Et moi je sonne, je crie pour toi, je t'appuie de mes fanfares sauvages, de ma voix inépuisable : « Hao-hao ! Va outre, mon vieux camarade ! À la vue, tout droit, sans merci ! Hao ! C'est de lui, c'est du Rouge ! Et va devant, va devant, va devant ! »

L'ombre épaissit, mais la robe du chien est claire. Il voit la tache qu'elle fait sous les arbres ; et il la suit, criant toujours vers elle, mêlant sa voix aux hurlements du grand forceur. À la vue, malgré la nuit qui monte ! À la vue en sautant les allées, mes yeux sur la tache claire qui fuit, toujours au bord de l'effacement mais sans trêve ravivée sous mes yeux ! Elle tourne, elle crochète, elle refuit. Le serein, sous les branches, épand sa fraîcheur pénétrante. Et, dans cette grande froidure étale, l'odeur des bêtes étire un persistant sillage. Le Rouge a chaud, il est à l'ouvrage. Tapageaut sent la chair et hurle ; La Futaie, à travers Tapageaut, sent la sueur et la fatigue du Rouge. Plus près encore ! Il serre, il touche à la tache pâle, reconnaît la forme du chien. Il se penche vers lui sur sa selle, il lui parle, l'enveloppe de ses cris. « Hao-hao ! C'est notre chasse, c'est le soir de notre jour de chasse. Vois-le, mon chien : il porte la hotte, son garrot s'est voûté, il bute. Devant toujours, devant ensemble ! Et tant mieux si la fin de la course est longue encore, interminable, avant l'hallali du cerf rouge… »

Le soleil disparu a plongé loin sous l'horizon, la lueur de l'occident s'est depuis longtemps évanouie. La nuit est sans clarté ; mais vois : plus noire encore que la nuit, sa haute silhouette bouge devant nos yeux. Une étoile au bout d'une allée, deux étoiles. Une faible lueur tremble autour d'elles. En voici d'autres qui s'allument. Sur le bleu velouté du ciel toutes ces étoiles font de petits lacs pâles, transparents, qui se rapprochent et coulent l'un dans l'autre, emplissent le ciel d'un grand clair d'étoiles. Comme on la voit, la haute silhouette qui bouge! Ses bois penchés, ses longues jambes titubantes... « Ha! Ha! le Rouge, pour toi, sonné à pleine poitrine, ce *Bien-aller* qui te redresse la tête, te relance droit sur tes jambes affermies. »

Un rêve, le souvenir d'un rêve, c'est la rumeur chétive qui a voleté, au crépuscule, sur la forêt : la voix d'une meute qui s'est reniée, la brève fanfare, aussitôt suspendue, d'un hallali qui n'osait point s'avouer. Est-ce que La Branche, sur ses petites cornes, a emperché le Daguet-Fourchu? Est-ce qu'il a eu le cœur de le défaire, d'appeler les chiens à la curée? Un coup d'épaule chasse ce méchant rêve. Nous, c'est le Rouge que nous allons forcer. Les biches attendent, écoutent près des étangs ; mais ni le daguet ni le Rouge ne les rejoindront cette nuit. Bab! le vieux Pèlerin est en route. Encore un rude coup d'épaule, et c'est fini, c'est oublié. Plus rien n'existe que notre chasse, la haute silhouette qui fuit toujours, qui bouge dans le clair d'étoiles. En avant d'elle une autre lueur monte dans le ciel, un halo blond qui s'agrandit : la lune va se lever, Tapageaut. Regarde-la qui pointe entre les branches, qui brille, ronde, aux confins de la plaine. Il est sorti de la forêt, il veut percer, il perce encore, mais ses jambes vont le trahir. Crie, mon chien, la lune luit sur son poil. Il gagne, mais nous le rattraperons. Nos yeux le tiennent, nous l'entendons souffler.

Le vent de nuit passe lentement sur la plaine. Il n'émeut pas les pointes des herbes. Son toucher silencieux glisse sur le visage, sur les yeux. On entend les craquements de la selle, le clac des fers de la jument lorsqu'ils cognent contre un caillou; un coup de gorge encore, ardent et grave, un hurlement de loup; et, dès que Tapageaut s'est tu, un souffle rude, précipité, un grand halètement de détresse, si rauque et si profond qu'on le sent qui vous racle le ventre. Ils sont descendus, tous les trois, vers un étang qui luit sous la lune. C'est juste au milieu de la plaine. Un peu plus loin, en plein dans la clarté, un toit de tuiles allonge sa crête. Plus loin encore, on distingue déjà de grands arbres, la masse sombre et carrée d'un parc. Une fenêtre s'allume sous le toit, son reflet tremble dans l'eau de l'étang. La Futaie, par deux fois, s'est passé la main sur le front. Il entrouvre les lèvres, aspire longuement l'air de la nuit : sa poitrine se serre, il suffoque. Il ne sait quelle blessure vient de l'atteindre au vif de l'être, une molle blessure qui ne fait point souffrir, une plaie doucement béante par où sa force coule et s'en va.

Pourquoi? Pourquoi? Il l'a voulu, le grand cerf rouge, le gracieux daguet d'autrefois. Il a traversé toute la plaine, il a trouvé encore ce courage, assez de souffle encore dans ses poumons pantelants depuis l'aube, ce sursaut de vigueur dans ses jambes qui ont tant couru. Et il est là, debout, près de la maison de l'Homme. Le clair de lune ruisselle sur le pignon. Sous l'arête débordante du toit, des choses sombres pendues à des clous alignent sur le crépi d'étranges guirlandes dures et velues. Le crépi sous la lune est d'une blancheur un peu phosphorescente; les choses qui pendent se voient comme en plein jour, on distingue très bien ce qu'elles sont : des pieds de bêtes, de bêtes noires, de bêtes douces ; des pieds de bêtes qu'une lame a tranchés, et qui sont pendus là, par centaines, sur le pignon de la maison.

Le Rouge s'est arrêté, debout. Il se retourne, face à ses poursuivants ; il recule de quelques pas encore. Ses jambes flageolent, mais il reste debout, campé sur un rehaut du sol, un tas de mottes et de ramée qui semble une cabane éboulée. Derrière lui quelques grands ormes, sous le passage tranquille de la brise, balancent leurs branches imperceptiblement. Il n'a pas baissé sa ramure comme devant les abois d'une meute. S'il fait front, c'est la tête levée, les bois hauts, les jambes raidies, grand de toute sa taille devant cet homme et devant ce chien.

Il les regarde en face de lui, le cavalier silencieux, immobile, le chien aussi muet que son maître, qui gronde à peine et tourne à quelques pas, le poil dressé, sans oser s'approcher. Il voit l'homme qui met pied à terre, fouille dans ses fontes avec fébrilité. Il voit le luisant de la lame que l'homme fixe à sa hampe de bois. Elle est large et bleuâtre, elle brille dans le clair de lune. L'homme approche, le Rouge le regarde. Le chien tourne toujours, par-delà cette faible distance qu'il ne peut se résoudre à franchir. Il ne gronde plus, sa queue se serre contre ses jambes. Mais l'homme continue d'avancer, la poitrine et le visage dans l'ombre, avec cette lame qui brille devant lui, et qui tremble. Pendant les derniers pas, il court. L'élan qui le porte en avant a la fureur trébuchante de l'ivresse. Son bras se lève et se balance, la grande lame jette un feu glacé. Elle a presque effleuré la poitrine de la bête. Mais la force qui la dardait a paru se briser tout à coup.

Et elle s'arrête, obliquement levée, la hampe appuyée sur la terre, la pointe touchant le pelage sombre.

Le Rouge la voit-il encore ? Il est debout, il n'a pas bougé. Il regarde les yeux de l'homme. Ses yeux à lui sont grands ouverts ; mais la lumière qui s'y reflète efface sous son rayonnement l'expression de leurs regards. L'Homme ne voit que deux reflets dorés, deux lueurs limpides et sans fond dont la douceur le touche au visage. Il n'y peut lire qu'une sérénité mystérieuse, ni souvenirs, ni haine, ni épouvante. Ce ne sont plus les yeux d'une bête vivante, mais deux étroits abîmes de lumière, d'une transparence infinie, insondable, dont l'immobilité l'attire et le fait se pencher en avant.

Brusquement, tout son corps tressaille : il a vu les deux lueurs s'éteindre. Son poing, encore fermé sur la hampe de la dague, sent une poussée très longue, très lourde, le poids d'un grand corps qui s'effondre. Le Rouge aussi s'est penché en avant. De lui-même, résolument, il a poussé sa poitrine profonde contre la pointe qui la touchait. Et en même temps il a plié les deux genoux comme pour se coucher sur la terre, y trouver enfin son repos.

La chasse est finie, La Futaie. La grande lame a plongé tout entière. Le Rouge repose. Tu peux maintenant sonner *L'hallali*.

VIII

Très loin, par-delà les cercœurs, un chien de meute hurle à la mort. Les biches, debout près des étangs, pourraient l'entendre dans la plaine. Mais c'est ailleurs qu'elles écoutent la nuit, leurs grandes oreilles tournées vers le nord, vers l'autre plaine, derrière le vieux chemin.

Par là un brame monte dans la nuit, un appel mugissant qui s'enfièvre, qui se rapproche et retentit sans trêve. Les biches se serrent les unes contre les autres, la tête levée au-dessus des joncs. Elles frissonnent, elles attendent le Pèlerin.

Le vieux mâle noir, déjà, a senti leur odeur dans le vent. Il trotte à travers les guérets, la gueule ouverte dans le fleuve du vent, et il brame en trottant vers les biches. Elles sont tout près, sa longue course s'achève. Il traverse le champ de blé noir, gravit le tertre sous les chênes et saute sur le vieux chemin. Quelques foulées encore, et les biches vont remuer dans la fraîche épaisseur des feuilles. Il brame encore en renversant la tête, allonge encore son grand trot voyageur. La lune haute crible les branches, luit sur l'écorce des baliveaux. Le Pèlerin s'arrête tout à coup, flaire devant lui, écoute le frémissement des feuilles. Elles bruissent là, dans ce buisson ; elles palpitent, remuées par une présence vivante. Et l'odeur monte, s'exhale du buisson… Le Pèlerin brame une dernière fois, bondit vers le buisson avant que la biche ne s'éloigne. Un jet de feu lui brûle les prunelles, le tonnerre du fusil décroît au fond de ses oreilles, s'étouffe dans le grondement du sang dont le flot lui emplit la gorge et lui couvre les yeux d'un voile rouge.

Il est tombé dans le taillis. Ses jambes ont un dernier sursaut, s'étirent, longues, sur les feuilles mortes, enfin s'affaissent, à jamais immobiles. Alors un homme sort du buisson. Il se traîne avec des geignements. Il rampe vers le vieux cerf mort. C'est le dernier. Le Tueur veut le toucher, pour être sûr qu'il est bien mort, qu'il l'a tué. Le grand cadavre que voilà, maigre et dur! Son flanc est moite encore de la sueur du long voyage, il brûle encore la main qui le touche. Le Tueur appuie sa main davantage, fait glisser la peau souple sur les cercles des côtes. Il le laissera là où il est tombé. Que ferait-il de cette venaison? Quelques gorgées de lait lui suffisent. Sa vraie faim, l'âpre faim qui l'a si longtemps tourmenté, il vient de l'assouvir avec ce dernier coup de feu. Dormir sous quelques pieds de terre… Il a déjà un sabot dans le trou. Mais à présent, il peut mourir tranquille.

Au soir tombant, dans la Bouverie, ils ont pris le Daguet-Fourchu: le Tueur a entendu *L'hallali*. Voilà une heure, dans la Grand-Plaine, La Futaie a porté bas le Rouge: le Tueur a entendu le chien qui hurlait à la mort et reconnu la voix de Tapageaut. Maintenant, il a tué le Pèlerin; les biches sont veuves dans les Orfosses.

Le chien a fini de hurler. La lune est au plus haut du ciel. Sa froide lumière ruisselle sur la pelouse, sur l'eau calme des étangs. Les biches écoutent. Le tonnerre du coup de fusil a roulé au-dessus des cimes, est retombé dans un grand bruit de grêle ; et le silence a reflué sur la forêt.

Le brame s'est tu, le vent ne soulève plus les feuilles. Les biches attendent en frissonnant, toutes seules dans la forêt morte. La lune brille juste au-dessus d'elles.

Cet ouvrage
a été achevé d'imprimer en mai 2018
par l'Imprimerie graphique de l'ouest,
au Poiré-sur-Vie, en Vendée,
pour le compte des Éditions de Montbel à Paris.

Conception : *Le XXIe cercle*
Révision du texte : *Société d'études cynégétiques*

Première édition :
Paris, Flammarion, 1938

ISBN 978-2-35653-120-9
N° d'édition 18-07 • N° d'impression 8838
Dépôt légal : juin 2018